KB263974

거제도, 거기

거제도, 거기

사진 | 옥하린 어린이(거제 중곡초 2)

거제도, 거기

거제스토리텔링협회 지음

나무와 바다

거제스토리텔링 13집을 펴내며

섬이 좋아 섬사람이 된 사람들이 있다. 점점이 떠 있는 섬을 따라 등대처럼 길 밝히다 그 자신 스스로 길이 된 사람들이다. 한사람 한 사람 실핏줄처럼 얽혀 더는 떠날 길이 없다. 이 길이 저 길 같고 저 길이 이 길 같은 섬을 돌고 돌아, 한참을 돌아도 '거제도 거기'는 바로 눈앞에 있다.

여기가 거기 같고 저기가 거기 같은 길이 한데 모여, 거제섬 특유의 이야기를 선보인다. 오순도순 둘러앉아 이야기 보따리를 죄다 풀어헤친 모양새다. 이는 우리네 오랜 삶의 이야기로서, 못다 한 그리움은 잔물결로 남아 여기저기 일렁인다.

저기 파도소리와 함께 수평선 너머로 멀어져간 섬사람도 보이고, 그 너머로 가물가물 섬마을 풍경도 보인다. 자자손손 이어진 거제사람의 온기가 예사롭지 않다. 거제도의 오랜 애환과 더불어 지난 세월을 한참 거슬러 올라간다.

〈거제도, 거기〉는 열 세 번째로 이어지는 거제스토리텔링북이다. 시인, 소설가, 수필가, 평론가, 기자 등 모두 24명의 거제사람들이 필진으로 참여해 아스라한 기억을 되살린다. 저마다 애향심이 물씬한 작품들로 거제지역의 정체성을 대신 이야기한다.

이 한 권의 책이 나오기까지 거제스토리로 화답한 작가들에게 깊이 감사드린다. 또한 보조금(선정)으로 지원한 경남문예진흥원과 광고 협찬으로 지원한 신현농협(조합장 박현철)에 감사드린다. 옥치군 주간, 박영선 편집장에게도 감사드린다.

2025. 12.

서한숙
거제스토리텔링협회 대표. 부산대 국문학과 박사 수료, 순리문학상,
거제문인협회 회장(전), 거제문화원향토사연구소장(전), 수필집
〈사람꽃이 피었습니다〉〈침묵의 변〉〈거꾸로 가는 시간〉 외

|목차|

• 서문 　　　　　　　　　　　　　　　　　　　　4

Story 1　소곤소곤

박영선　섬, 감나무에 대한 단상.......................10

한상균　봄나물 미학, 참나물을 만난 감동.............18

심인자　꿈의 텃밭, 하청초등학교.......................26

옥형길　옛길을 걷다.................................... 32

원순련　굴세미골 아우성..............................40

김주근　마음 속에 묻어둔 고향.........................48

김철수　연육교 열리다.................................54

옥순룡　옛 고현 거리 풍경을 더듬다...................64

Story 2　수군수군

김임순　장승포항의 소야곡...........................72

최대윤　노랫소리 끊기는 섬마을 학교.................84

황수원　거제수협 위판장에서.........................90

이승철 황칠나무를 발견하던 날......................98

이승열 그새 산천이 4번 바뀌었다.....................104

옥명숙 거제 능포봉수대...............................110

이 헌 매화연적, 그 섬에 머물다.....................116

옥치군 천혜의 자연이 빚은 섬, 거제도...............130

Story 3 소곤소곤 수군수군

남송우 거제 이순신 학교를 열다......................144

전기풍 구국의 성지, 거제 옥포만....................150

이성보 서복 동도와 거제 서복문화 자원 활용.......163

김현길 지명으로 본 방답지 고찰......................178

김순도 거제교육 심벌마크, 제작의 여정..............186

박영숙 거제도, 거제도 사람...........................198

황윤정 거제도 제1호 성악가...........................210

이용근 거제 사람도 모르는 거제도 이야기..........218

Story
1

소곤소곤

섬, 감나무에 대한 단상

해마다 오뉴월이 되면, 나는 평상에서 즐기며 놀았던 바닷가 시골집을 떠올린다. 그때 거제도 어느 집에서나 쉽게 볼 수 있었던 꽃이 감꽃이다. 봄이 채 가시기 전에, 전국 방방곡곡에 있던 그저 흔한 꽃 중 하나다. 그런데도 감나무 잎새 사이로 조용히 피어나는 감꽃은 눈에 잘 띄지 않았다.

감꽃은 쉽게 눈에 띄는 꽃은 아니므로 유심히 봐야 그 꽃이 잘 보인다. 잎이 피기 전 꽃이 먼저 피는 광리와 학산 뒷산 봄꽃 나무들과 달리 먼저 잎이 핀 뒤 5월 중하순 경에 나무들은 각자의 잎겨드랑이에 작은 꽃병 모양의 황백 색의 꽃이 핀다. 사실, 넓은 진초록의 이파리에 가려 눈여겨보지 않으면 얼른 눈에 띄지 않는다. 그 감빛이 가진 크림빛 혹은 연노란빛, 조막만 한 종 모양의 꽃들은 잎겨드랑이에 숨어 수줍게 고개를 내민다. 마치 초경을 하고

서, 2차 상징을 앞둔 아이가 자신이 가진 양쪽 겨드랑이 잎을 숨기던 그 수줍음처럼.

나무에서 꽃을 찾기보다는 바닥에 떨어진 꽃을 보고 고개를 들면 그제야 보이는 꽃이 감꽃이다. 햇빛을 받은 감나무 잎은 도톰하고 표면이 매끄러워 햇빛을 받으면 유난히 반들거린다. 잎이 풍성한 감나무 그늘은 여느 나무들보다 짙은 그늘을 드리운다. 그 그늘이 얼마나 짙으면 어느 산문집 제목이 '함박꽃도 감나무 그늘 밑에 있으면 영원히 꽃이 피지 않는다' 했을까. 하지만 마을 사람들은 안다. 감꽃이 피면 여름이 문을 열었다는 걸.

마치 화려하지도, 향기롭지도 않지만, 그 작고 단단한 존재는 집 마당 한 구석에 차지해서인지 그 나무가 가진 그 작고 단단한 존

재는 향기롭지 않아도 나는 한 때 그 시골집을 지켜 내던 내 안정
감, 우리 집안의 어른인 할머니나 어머니 같다는 생각이 들었다.
늘 그 집안을 지켰던 그 어른들이 묵묵히 계셨듯, 그 집을 함께 지
키고 있던 그 나무. 우리의 평화이자 절대적인 안정감.

감꽃 목걸이를 꿰던 그 여름날, 우리는 낮은 담 아래 있는 한동
네 복남이네 언니집 평상에 옹기종기 모여 앉아 있었다. 그 담은
가슴쯤 오는 높이라, 길 가는 이웃들이 속을 훤히 들여다볼 수 있
었다. 지나가는 어른들은 꼭 한 번씩 걸음을 늦추고, 평상 위의 우
리와 눈이 마주치며 애정 어린 시선을 보내 줄 때마다 우리는 감
꽃 꿰던 손을 잠깐 멈추고 각자 인사를 하는 법도 배웠지.

그렇게 누구나 이웃을 들여다볼 수 있는 삶이었기 보임에 민망
하지도, 숨길 것도 없던 시절이었고, 가장 소중한 것은 담 안이 아
니라 바로 그 담 위에서 흘러나오던 이웃을 향한 마음의 온기였
다. 그 감꽃 줄을 하나 꿰어낼 때마다, 그런 따뜻함이 실에 실려 우
리 마음에 마치 달그락 소리를 내듯 매달렸지.

그리고 감꽃이 피던 어린 시절, 시골에서 자란 사람들은 감나무
와 얽힌 각자의 추억들이 하나쯤 있을 것이다. 우리 모두의 인생
에 단 한 번쯤 그 꽃으로 목걸이와 팔찌를 만들어 보지 않았던가.
아무도 시키지 않았지만, 섬마을 아이들은 감꽃을 꿰어 목에 걸
고, 손목에 감으며 신이 나 웃었다. 감꽃 향 대신 묻어나는 건 소금
기 어린 바람과 바닷물 튄 듯한 푸른 오뉴월의 하늘, 그리고 우리
들의 깔깔거림. 내 안의 혈액처럼 타고 흐르던 즐거운 비명의 하
루가 거기 있었지.

감나무 아래 평상에 앉아 서로 만든 꽃 장신구를 자랑하다, 한 아이는 장난치다 머리를 찧기도 했다. 피가 찔끔 나 떨어진 아이는 울고 있는데 우리는 그 아이의 상황도 모르고 그저 웃겨 모두 배꼽 잡고 철없이 웃기만 했던 시절이다. 그렇게 평상은 놀이터였고, 무대였고, 어쩌면 여름의 한가운데이자, 우리 생의 일부였다고 생각 든다.

총명했던 사람이 감나무에서 떨어진 이후 머리를 다쳐 멍청해졌다는 웃긴 이야기의 뒤 배경처럼 한편 튼튼해 보였던 가지가 잘 부러져 무방비로 떨어지기 쉬웠다. 그래서 동네에 실제로 감을 따다 떨어지고 머리를 다치던 아이들이 종종 있었다고.

이렇게 울음이 채 그치지 않았던 그때, 담장 너머에서 이웃 할머니가 조용히 다가와 주름진 손에서 건네진 건, 햇살을 머금은 무화과 열매 한 알. 그 한 알을 먹고 나면, 울컥하던 가슴속을 차분하게 내려 주니 마치 마법 같은 치료약 같았다고. 그때는 몰랐지만, 무화과의 단맛도 단지 과일의 맛이 아니었다.

마당을 지나가던 걸음을 멈추고, 울고 있는 아이를 향해 기꺼이 손을 내밀던 그 마음. 섬마을의 여름 한낮, 낮은 담장 아래서 오가던 무심한 듯 다정한 인사들과, 그 속에서 자라난 아이에게 무화과는 안정감 그 자체였고, 사랑의 맛이었다.

지금 시절과 달리 그 시절에는 마을마다 바르게 지도하는 진정한 어른이 있었다. 어른들이 아이들을 서로 보호하며, 가르쳐 주고, 관심을 가지는 어른이 있었다. 그래서 큰 교육이 없어도 물이 흘러 바다를 가듯이 아이는 절로 그 마을 어른들을 닮은 어른다운

어른으로 성장할 수 있었던 것은 아닐까? 이 시대는 그 진정한 어른들을 찾기가 어려워 깊은 상실감이 든다. 그래서 그 감나무 아래는, 그래서 한 편 어른들의 관심을 받으며 아이가 아이답게 클 수 있었던 곳이었다고.

한편, 감꽃이 피던 초여름의 그 조용한 설렘부터, 홍시가 주렁주렁 열리는 늦가을까지 감나무는 계절마다 다른 언어로 우리에게 말을 걸어 온다. 봄이면 연둣빛 새순으로 시작해, 여름엔 눈길을 피해 조용히 피는 감꽃으로, 가을엔 붉게 익은 열매로 모든 순간을 가득 채웠다.

조선 초에 나온 〈향약집성방〉에 제시된 7가지 덕목을 가진 그 나무는, 그늘을 만들고, 벌레를 부르지 않고, 낙엽까지도 거름이 되어 주는 그 나무는, 참으로 아낌없이 우리에게 아낌없이 마구 사랑을 내주는 존재이다. 묵묵히 그 자리를 지키며, 아무 말 없이도 늘 필요한 것들을 내어주던 가끔은 할머니이자, 어머니, 아버지 같은 존재.

그리고 감꽃이 지면, 꼭지 하나씩 톡 떨어지고 그 자리에 작고 단단한 아기 감이 달렸지. 그 아기 감처럼, 우리도 함께 자라고 있었다. 기다리고, 참으며, 서로를 배우고 있었다.

이처럼 감꽃이 피는 계절마다 우린 조용히 배우고 있었다. 기다리는 법을, 서로 웃게 하는 법을, 꽃보다 사람이 먼저 피어야 한다는 걸. 그 초여름의 성장통처럼, 우리 모두는 감꽃 목걸이를 걸고 가장 아름다운 사람이 되었다. 그건 단순히 그 감꽃 때문이 아니라, 함께 웃고, 함께 자란 사람들이 있었기 때문이기도 하다.

감나무는 오랜 세월 인간과 함께 살아온 나무이니 아무래도 감나무에 대한 애정도 각별했다. 이렇게 유익한 감나무는 결국 스스로 알고 열매의 길을 걷는다. 이 아름다운 순환의 과정은 나에게 작은 가르침을 주는 것 같다. 감나무가 주는 유익함은 늘 너그러워.

오래전 떠나와 지금은 가지 않아 그 집이 어떻게 변했는지 알 수 없는 그 시절의 동네. 감나무를 베지 않고 떠난 감나무가 지금도 그 오래된 집에 홀로 있을까.

지금도 감나무가 서 있는 풍경을 보면 마음이 먼저 평안해지고 넉넉해진다. 그 아래에서 감꽃 추억들, 그리고 그런 우리에게 무화과를 건네던 이웃 어른들까지. 다정했던 얼굴들과 함께, 감나무는 내 마음의 안정감, 위로인 고향이 되었다. 그러니 누구는 "진달래꽃과 살구꽃 핀 마을은 어디 있어도 내 고향 같다." 하지 않았던가. 그러나 이제는 나에겐 감나무가 있는 바닷가 마을이 곧 내 고향, 나의 안정감이다.

박영선
부산대 국어국문학과 박사 수료. 〈문장21〉등단, 오월문학상(소설), CJ
문학상(소설), 거제스토리텔링협회 편집장

봄나물의 미학, 참나물을 만난 감동

뭐니 뭐니 해도 봄나물은 봄기운 그 자체다. 겨울잠에서 깬 것처럼, 뻐근한 심신에다 봄나물은 색깔마저도 활력소가 된다. 한겨울 '월동'이란 잠을 자고 난 봄나물은 보약이라고들 야단이다.

산자락 아래 텃밭 가장 위 떼기 밭에는 아버지의 묘소가 있다. 어머니도 이곳에 함께 모셨다. 차가 들어가지 못하는 맹지라서 발길은 뜸한 편이다. 휴경이 되면 안 되니까 대봉감, 매실, 헛개, 석류, 구지봉을 다양하게 심어두고 가끔씩 들린다.

어머니를 이곳에 모신 이후는 등산 삼아 들리는 횟수가 잦다. 무심코 묘소 아랫 배미에 마치 클로버 군락같은 풀밭이 눈에 들어왔다.

분명 잡초는 아니다. 봄에 나는 풀은 모두가 나물이거늘, 눈길이 집중된 어느 날, 발길이 그곳으로 옮겨졌다. 제법 20여 평은 족히

될 만큼 풀밭으로 단단히 짜렸다. 중간중간 덩굴식물과 잡초가 있긴 해도 한 밭떼기 가득 자리를 잡았다.

잎은 클로버를 닮았으나 분명 잡초는 아닌 것은 분명하고 봄에 나는 풀은 봄나물이니 자세히 보게 됐다.

한 이파리 따서 조심스레 씹어 봤다. 묘한 향기와 함께 상큼한 맛에 정신이 바짝 든다. 찐한 화장품 냄새와는 비교할 수 없다. '원더풀'이라는 말이 절로 나왔다. 방송에서 자연인은 아무 잎이나 약이라면서 씹어 먹는 것을 봤긴 하지만 내가 따라 할 줄이야. 말로 측량할 수 없는 향과 입속에 전해지는 기분은 예전에 한 번도 경험하지 못했던 나의 첫 경험이다. 이런 봄나물이 여기에 있다니. 한 잎, 두 잎맛을 보면서 먼저 올라온 몇 이파리를 속아내듯

이 따서 점퍼 주머니에 넣었다. 분명 이 봄나물을 따는 것이 목적이 아니었으니, 다시 묘소 점검을 하고 하산길을 재촉했다. 약간은 살랑한 날씨였으나 봄기운에 들뜬 새싹들의 움직임을 감지하며 오솔길을 내려오는 감흥은 행복했다. 콧구멍이 뚫리면서 가슴까지 훤히 열리는 기분, 바쁜 일상에서 맛보지 못한 경험으로 묘한 행복감에 젖었다.

주머니에서 따온 나물을 주섬주섬 꺼내면서,

"잘 모르겠지만, 오늘 아침은 봄나물 맛을 즐겨 보세나."

"이게 뭐예요."

"글쎄올시다. 아버지 무덤가에 나 있길래 따오긴했지만 일단 향기가 좋고 맛이 묘한 게 식용인 것은 분명하이".

바가지에 담아 나물을 씻는 데, 아내 왈,

"몇 년 전에 참나물 심는다더만 그 참나물 아닌가요."

그제서야 정신이 바짝들었다.

"그러니, 나이들면 별 수 없네. 그려."

산 밭이라 오르내리기가 여의치 않으니 발길이 뜸한 곳이다. 매실 나는 유월이나 감 따는 가을, 벌초 때는 잡초밭이니 참나물을 볼 일이 없었다. 나무가 심긴 곳은 각각 들어가는 오솔길도 달라서이기도 하고 땅바닥에 깔려있으니 어련히 잡초거니 하고 관심 밖이었다.

몇 년 전이다.

거제면 5일 장, 씨앗 파는 좌판에서 봉지 하나가 눈에 띄었다. 그놈이 참나물이다. 나물 중에 참나물이 최고라는 말은 들었지만,

맛을 본 기억은 거의 없다. 당시는 어머님이 계셨으니

"엄마 이거 한번 보이소."

"뭐꼬. 참나물이네." 단번에 알아보시고 반색을 하신다.

1928년생. 일제 강점기 36년의 한 중간에 태어나셔서, 일제 치하, 6.25 한국전쟁, 보릿고개 산전수전 공중전까지 섭렵하신 어머니시다. 당시, 거제국민학교에 야학이 개설된 터라 어머니는 강습소에 다닐 수 있었단다. 일본어를 강제로 가르치기 위해 개설된 야학이라 일본말도 제법 하시고, 한글도 깨우쳐 집에 계시는 동안 하루 종일 눈만 뜨면 곡조없는 찬송가를 손가락으로 한 줄 한 줄 짚으시며 읽는 것이 일과셨다.

가끔씩 식탁에 마주 앉으면 아내가 식사를 준비하는 동안

"아범아, 일본어 할 줄 아남." 내가 대답도 하기 전에 "일본 놈들이 길에서 마주치면 일본말 하는지 단속을 하니 할 수 없이 야학에서 일본 말을 좀 배웠느니라." 하시면서 "고꾸민 가꾸 이찌넨 세이. 나는 초등학교 1학년입니다." 직접 해석까지 붙이며 오탕하게 웃으셨다.

태조 아제도 같이 다녔는 데, 공부가 머리에 안들어 오니까, "선생님 나는 도저히 안됩니다. 쑥대머리 한 곡 하고 갈랍니다." 허락도 채 떨어지기 전에 앞에 나가서 "쑥대머리...." 한 곡 부르고 도망가듯이 나가버리는기라.

"참 그 영감 흥이 좋았더니라." 이렇게 참나물 씨앗이 모자 간에 대화의 장이 되었으니 별 것 아닌 것으로 추억의 장을 만들었다.

그날 대번에 봉투를 보시고 참나물 씨앗임을 알아보셨다. 참나

물은 나물 중에 나물이라고 입에서 침이 마르도록 강조하셨다. 참 나물, 거제 계룡산 산자락 여기저기에 밭자리가 있었다는 것과 봄 철이면 친구들과 참나물, 기새(원추리), 산초 새순, 곤달비 나물 뜯 으러 다니는 것이 일과였고, 한 보따리 뜯어오면 춘궁기 보릿고개 를 넘길 수 있었다고 하셨던 모습이 아련하게 떠오른다. 어머니의 한 많은 인생살이를 오늘 우리의 삶에 비춰보면 어떻게 그 모진 고난의 세월을 버텨 내셨을꼬.

이렇게 깜빡 잊었던 것은, 참나물 씨앗을 제대로 심을 자리 만들 어서 뿌린 것이 아니고 그냥 철철철 흩날리듯 뿌리고 말았으니 전 혀 기대가 없었던 터였기 때문이다. 초기에는 싹이 났는지 몇 번 들여다봤지만 별 기미를 발견하지 못했던 이유도 있다. 그 뒤로 아예 생각조차 없었다.

나와 아내는 마늘, 풋고추 다대기에 참기름이나 들기름이 듬뿍 들어간 쌈장을 즐긴다. 특히, 아내는 채소를 너무 좋아하기에 이 날 참나물 첫 시식은 소소한 기쁨이었다. 봄나물은 먹는 맛이 쌉 싸름해서 쌈장 맛으로, 봄기운, 약이라는 기분이 강하다. 근데 참 나물은 만족도가 그 어느 종류와 비교할 수가 없다. 보드라운 감 촉도 그만이고 수육과 궁합은 안성맞춤 그 자체다. 그날 아침의 첫 만남, 행복감이 아직도 선하다.

거의 하루 걸러 밭으로 발품을 팔았다. 하루하루 몰라보게 변하 는 봄의 기운까지 발걸음을 가볍게 한다. 무엇보다도 콧구멍이 뚫 리면서 가슴이 확 틔는 기분, 봄맞이가 참 행복하다. 땅바닥에 겨 우 얼굴을 내밀었던 이파리는 다음날이면 훌쩍 커 올랐다.

가지가 어긋나기로 벌어지면서 수세가 계속 확장된다. 큰 이파리만 한 장씩 따면 금방 먹을 만큼 모아진다. 오늘은 두어 발짝 내에서 따고, 다음날은 옆자리에서 딴다. 호주머니에 구겨 넣었던 참나물은 이제 귀한 대접을 받는다. 예쁜 봉지 가방에 구겨지지 않도록 가지런히, 조심히 챙겨 넣는다. 생으로 먹을 때는 약간 억세더라도 괜찮다. 양이 많으니 날로 먹고, 데쳐서 무쳐 먹고, 밥상은 참나물 향연이다. 제법 무르팍 정도 자라니까 꽃이 피기 시작했다.

올 벌초 때는 아들까지 불러 내려서 말끔하게 잘 정리해서 다음 볼 날을 기대해 볼 참이다.

한상균
거제면 출생. 〈경남매일〉 남부 본부장, 〈온누리파워뉴스〉 편집인

꿈의 텃밭, 하청초등학교

교문을 들어선다. 현모양처의 본보기인 신사임당, 독서에 열중하는 어린이들, 공산당이 싫다던 반공소년 이승복, 대한독립을 위해 목숨을 바친 유관순 열사가 나를 향해 어서 오라 반긴다. 수업 마치고 달려가던 음악실이 5학년 1반 교실이었지. 틈날 때마다 드나들던 독서실은 어떻게 되었을까. 넓기만 하던 운동장이 오늘따라 왜 좁아 보이는 걸까.

누구나 꿈을 안고 살아가듯 나 또한 꿈이 있었다. 그것은 초등학교 시절부터였다. 어릴 적 잔병치레로 몸이 약했던 나는 아버지의 아픈 손가락이었다. 우등생인 언니, 오빠와 야무지고 예쁜 동생 틈에 움츠러들어 말수조차 적은 아이였다.

그런 나를 단번에 알리게 된 건 뜻밖의 소질이 드러나면서였다. 운동회에서 달리기로 여러 아이들을 제치고 일등을 한 것이다. 그

날로부터 아버지의 응원 속에서 육상선수의 꿈을 꾸었다. 쉼 없이 연습했다. 입을 굳게 다물고 운동장을 돌고 또 돌며 달리기를 멈추지 않았다. 어디서 그런 힘이 나오는지. 그건 나도 할 수 있다는 자신감이었다. 뛰었다 하면 일등을 했으니 단거리든 장거리든 두렵지 않았다.

꿈을 꾼다 해서 다 이룰 수는 없다. 다만 이상과 희망을 향한 도약과 발판이 될 수 있다는 것이다. 육상선수로서의 꿈은 이루지 못했다. 하지만 그때의 열정이 남아서인지 아직도 운동장 몇 바퀴는 거뜬하게 달릴 수 있을 것 같다.

또 하나의 꿈이 시작되었다. 뽑히기 어렵다는 합주단원이 된 것이다. 악기 하나쯤은 꼭 다루고 싶었는데, 나에게 크나큰 행운이었다. 만지는 악기마다 내 것 마냥 부드럽게 손에 감겼다. 연습 또 연습을 반복하다 보니 어느 사이 아름다운 멜로디로 퍼져나갔다. 그래서일까. 지금도 가끔 피아노 건반을 두드린다.

고비를 넘기지 못하고 중도에 놓아버린 피아노 연주에 대한 아쉬움이 남아서다. 비록 연주자는 못되었어도 딸아이 피아노 연습 때 잘못된 부분을 잡아주는 것만으로도 내 작은 꿈은 이룬 셈이다.

오학년 담임 선생님과의 인연은 또 나를 꿈꾸게 했다. 선생님은 반 아이들에게 글쓰기 지도를 하셨다. 그런 선생님이 나에겐 천군만마나 다름없었다. 책보기가 취미였던 나는 틈날 때마다 독서를 했다. 감명 깊은 내용은 반드시 감상문을 남겼는데, 어느새 한 권으로 엮어질 분량이 되었다. 그 습작 노트를 가방에 넣고 다녔다. 기회가 된다면, 보여드릴 거라고 마음먹었지만 용기가 나질 않았

다. 그러던 어느 날 그 기회가 찾아들었다. 문예지에 발표할 작품을 한편씩 써내라고 했다.

선생님을 만나 참 다행이었다. 나의 글이 학교문예지인 금단지에 실렸다. 꿈만 같았다. 동시도 동화도 생활일기도 빠짐없이 실렸다. 비로소 글쓰기 소질이 있다는 것을 인정받았고, 숨어있던 습작노트가 빛을 보기 시작했음은 물론이다. 다시 자신감을 얻고서 작가의 꿈을 꾸었다. 이후 중학교, 고등학교에 진학했어도 나의 꿈은 변함없었다. 독서에 열을 올렸고 다방면으로 폭넓은 문학의 길을 걷고자 최선을 다했다.

한계가 왔다. 소설가가 되려던 꿈은 자꾸 오그라들었다. 밤새 썼던 글이 아침에 다시 보면 엉망이었다. 탄탄하지 못하고 짜임새마저 허술하니 마음에 차지 않았다. 구기고 또 구겨버린 원고지를 보며 고민하다가 눈물로 붓을 놓았다.

배우자를 만나고 새로운 인연을 만들어가면서 작가의 꿈을 접어버렸다. 그러나 아이들을 키우고 살림살이에 쉴 틈 없이 분주하면서도 마음 한 곳이 늘 허전했다. 깊은 시간 잠 못 이루다 문득 책장 아래쪽에 밀쳐두었던 습작 노트가 떠올랐다.

빛바랜 노트에 깨알 같은 글들이 살아 움직이기 시작했다. 불현듯 글이 쓰고 싶어졌다. 이번에 소설이 아닌 수필로 장르를 바꾸었다. 상상과 허구 속을 드나들며 짜내기에 집착했던 소설가의 젊은 꿈은 내려놓고 진솔한 삶을 풀어내는, 곰삭은 수필을 쓰기로 마음먹었다. 이상하게도 오랜 벗처럼 나와 잘 맞았다.

글을 쓴 지 서른 해가 넘었다. 틈틈이 모아 온 글들을 수필집으로 한데 묶었다. 학생들에게 글쓰기 지도를 하며 얻은 소중한 기억들로, 친정어머니의 애틋한 삶의 이야기로, 이웃들의 온정 가득한 이야기로, 나와 맺어진 인연 이야기로 엮어져 세상에 나왔다.

무엇을 바라랴. 내 오랜 꿈밭으로 존재하는 하청초등학교도, 글쓰기 선생님을 만난 것도 더없는 행운이었다. 나의 소질을 알아주지 않았더라면, 격려가 없었더라면, 그래서 꿈을 꾸지 않았더라면 나의 글은 그대로 묻혔을지 모른다. 유서깊은 내 고향, 하청초등학교에서 꿈을 키우고, 그 꿈을 향해 육상선수처럼 달려왔던 날들이 좁아 보이는 운동장을 널따랗게 돌아서 간다.

심인자
수필가, 수필가비평문학상, 동아일보투병문학상 외, 수필가비평작가
회의 거제지부장 역임, 거제스토리텔링협회 편집장 역임, 수필집 〈야
누스의 얼굴〉, 〈왼손을 위하여〉

옛길을 걷다

선영先塋에 벌초를 하려고 동생들과 함께 고향을 찾았다. 고향이 천 리 길이니 이왕 내려간 김에 며칠 쉬었다 오자며 4박 5일로 일정을 잡았다. 8월의 마지막 주말이었다. 고향 마을에서 조금 떨어진 냇가의 외딴 농막에 여장을 풀었다. 이곳은 나의 귀향歸鄕 시 거처居處로 오래전에 마련해 놓은 곳이다.

둘째 날, 우리는 옛날 어린 시절 소 먹이려 다니던 우마장牛馬場 산길을 걸어 보기로 의견을 모았다. 반세기가 한참 넘은 오래전에 다녔던 옛길이다. 그곳은 방과 후 동네 아이들과 함께 소먹이던 동산이었다. 소는 고삐를 풀어서 동산에 올려보내 놓고 아이들은 편을 갈라 전쟁놀이에 빠졌다. 6.25 한국전쟁이 종전된 지 얼마 지나지 않은 1950년대 후반이니 어느덧 70여 년 저편이다. 시야에 드는 모든 산 들은 혹독한 일제강점기를 지나면서 소나무와 몇 종

고향마을 냇가의 외딴 농막

류의 잡목들이 띄엄띄엄 서 있을 뿐 온통 민둥산이어서 소에게 풀을 뜯기기에 좋은 풀밭이었다. 하지만 지금은 짙은 숲으로 울창하니 옛길을 찾을 수 있을지 적이 걱정스럽기도 하였지만 그보다는 옛날의 그곳에 대한 궁금증이 발걸음을 재촉하였다.

올해 같은 무더위가 언제 또 있었으랴. 우리는 조금이라도 시원할 때 시작하자며 신새벽에 집을 나섰다. 셋이 각각 단단한 몽둥이 하나씩을 지팡이 삼아 들었다. 혹시 외진 산길에서 멧돼지나 다른 어떤 산짐승이라도 만나면 어쩌나 하는 우려 때문이었다.

연초면 천곡리 하천(아래 천곡) 부락인 우리 마을에서 상천(위 천

송정에서 대금산까지 가는 산길 구간

곡)부락 앞을 가로질러 덕포리로 넘어가는 고갯마루에 이르렀다. 옛날 우리 마을 사람들은 이곳을 '덕포재'라고 했다. 여기서 좌측으로 꺾어 능선 따라 한참을 걸으면 그 일대가 옛날 우리 마을 아이들이 소를 먹이던 계곡과 산등성이의 시작이었다.

그런데 산길 입구에 들어서니 헤쳐 나가기도 어려운 오솔길일 것이라는 예상과는 달리 길은 넓었다. 사람들의 내왕이 많은 것 같았다. 이곳이 거제에서 가장 편하게 걸을 수 있고 조망眺望좋고 풍광風光좋은 등산로라는 것을 마주 오는 등산객들과의 대화에서 알게 되었다.

이제 좌측으로 능선 따라 걸으면 그리운 옛 동산으로 이어질 것이다. 산길을 걸으며 옛날의 지명들을 기억해 본다. 상천소 바탕. 삼가람(외포, 덕포로 가는 갈림길). 은골뱅이 고랑. 다지골 번덕. 새신랑 몬대이. 호개짓골. 감남골 저수지 번덕… 더러는 무슨 의미인지는 잘 모르면서 그냥 그렇게 불렀던 옛 지명들이 하나하나 떠올랐다. 그리고 그 기억들을 되새기며 그 길을 따라 걸었다.

우리는 서로 옛 지명을 떠올리며 네가 맞네, 내가 맞네, 다투기도 하며 추억 속으로 흠뻑 빠져들었다. 우리가 형제라지만 골짜기마다 능선마다 저마다 숨겨진 이야기들이 있으니 기억하는 것 또한 다를 수밖에 없었다.

민둥산이었던 이곳에 씨앗이 떨어져 싹이 트고 세월과 함께 아름드리 고목으로 자라 있었고, 더러는 어느 해 풍우에 쓰러져 썩어가고 있으니 산천 의구依舊(옛날과 다름이 없다)란 말이 허사虛辭(헛된 말)란 옛 시인의 시 한 수가 떠올랐다.

5형제 중 서울에 사는 3형제

산길은 소형 승용차라도 굴러갈 수 있을 정도의 비교적 넓고, 오르막길 또한 그리 가파르지 않아 남녀노소 누구나 힘들지 않게 걸을 수 있는 길이었다.

이 등산로의 시작은 송정리에서 옥포로 넘어가는 국도에 위치한 '송정재'인데 그곳의 옛 이름은 봉산재封山였다. 봉산이란 나라에서 벌채를 금지하고 보호하는 임야로 오늘날의 국유림을 뜻한다. 이곳에서부터 시작되어 송정리 마을 동남쪽 능선 → 상천부락 동남쪽 능선 → 덕포(下德)재 → 외포, 덕포 갈림길 → 다지골 능선 → 대금산 중턱으로 이어진다.

대금산 중턱에 이르러서는 오른쪽으로는 외포리로, 왼쪽으로는 연초면 명동리 대금산 마을로 내려가는 자동차 길과 연결된다.

　정확히는 모르지만 어림잡아 6~7km는 될 것 같다. 송정 고개에서 시작하여 대금산 중턱에서 되돌아 다시 송정 고개까지 간다면 30리 길은 될 것이니 주말의 훌륭한 산행 코스가 되지 않을까 싶다.

　옛날에는 감나무골柿木 저수지 위로는 산답山畓 다랑이 논이 골짜기 끝까지 길게 늘어 붙어 있었지만 지금은 울창한 숲으로 시계視界 제로였다. 다만 옛날의 기억으로 상상해 볼 수밖에 없었다.

　가끔은 멧돼지들이 길섶의 땅을 뒤집어 놓기도 하고 노루나 고라니의 배설물이 수북이 쌓여 있는 친환경의 숲길을 걸으며 우리는 비로소 자연과 하나됨을 느낄 수 있었다.

　팔월의 폭염이 작열했지만 그늘진 숲길은 청량한 바람이 오가고 녹색의 잎들이 커다란 양산이 되어 햇볕을 가려주니 일상과는 다른 사막 속의 오아시스와 같았다.

　지금 우리가 걷는 이 길은 대금산大金山과 강망산江望山을 길게 이어주는 고래등 같이 밋밋한 산맥이 능선을 이루고 있다. 능선의 남쪽으로는 송정, 천곡, 이목, 명, 덕치 등의 연초면 일부 마을이 양지바른 산기슭으로 자리를 잡았고 능선의 북쪽으로는 외포, 시방, 대금, 율천 등의 장목면 일부 마을이 자리를 잡았다.

　또한 능선의 북쪽으로는 시원하게 내리뻗은 가파른 산세와 저 멀리 가덕도 앞의 푸른 바다와 부산과 거제를 이어 주는 거가대교의 아취형 구조물이 한눈에 들지만 능선의 남쪽으로는 겹겹이 산으로 한 치 앞도 가름할 수 없었다. 다만 담수호인 이목 저수지의 햇빛에 반사된 수면 가득한 윤슬이 별밤의 은하수처럼 반짝일 뿐이었다.

정오가 지나 숙소에 도착하니 발길은 무거웠지만 아련히 잊어만 가던 옛 추억을 다시 찾아 가슴속에 가득 담았으니 두고두고 되새김질하며 오래도록 즐거울 것이다.

옥형길

월간 〈문학공간〉등단. 방송대문학상, 산림문학상 수상. 수필집 〈남자의 가계부〉(1960), 〈도시에서 사는 나무들〉(1999), 칼럼집 〈옹이없는 나무 는 없다〉(2006), 한국수필가협회 · 한국문입혀회 · 국제PEN한국본부 회원, (사)산림문학회 이사 · 편집위원,거경문학회 회장

굴세미골의 아우성

1964년 내가 초등학교 4학년 때의 일이다.

무슨 연유인지 모르지만 그 해엔 유달리 비가 잦았다. 봄이 되면서부터 시작한 비는 유월을 넘어서도 그치지 않아 보릿고개를 넘어설 즈음엔 절정을 이루었다.

누렇게 익은 보리밭을 바라보며 온 마을 사람들은 하늘만 쳐다보고 탄식을 했다. 허기에 지친 겨울을 지내고, 이제 보리가 익으면 굶주림을 면할 수 있을 것이라는 기대에 차 있던 마을 사람들은 하루도 거르지 않고 내리는 빗줄기를 바라보며 애를 태우며 하루하루를 보내고 있었다.

드디어 보릿대가 그 빗줄기에 꺾어지기 시작했다. 보리 이삭을 이고 비와 다투며 서 있던 보릿대가 속절없이 무너지며 보리는 시커멓게 썩어가고 있었다. 사람들은 기가 막혀 논으로 달려가 보리

이삭을 꺾었다. 그리고 방바닥에 보리 이삭을 널고 불을 지피기 시작했다. 그렇게라도 알곡을 만들어 가족들의 식량을 마련하고자 애를 썼다.

그러자 이젠 집집마다 썩은 냄새가 마을을 뒤덮었다. 썩어 가는 보리 알맹이에서 시큼하고 매캐한 냄새를 내뿜기 시작했다.

나의 고향은 장승포에서 마전고개를 넘어서면 소동으로 가기 전 아담한 바닷가 마을인 배숲개이다. 지금은 옥림이라고 부르는 곳으로 옥림은 옥림 1구와 옥림 2구로 되어 있고, 사람들은 옥상(옥림 윗마을), 옥하(옥림 아랫마을) 마을로 부르고 있었다.

그 당시 행정구역은 일운면이었지만 옥림에서 일운 초등학교까지의 거리가 너무나 멀어 학군을 무시하고 일운 초등학교보다 거리가 가까운 장승포 초등학교로 등교하고 있었다.

새벽밥을 먹고 책 보따리를 허리에 동여메고 바닷가에서 신작로까지를 오르면 숨이 헐떡거릴 만큼 내가 살고 있는 옥림1구는 바퀴가 달린 이동 기구는 구경할 수 없을 만큼 마을 전체가 가파른 곳이었다. 신작로가 끝나고 지금의 거제대학 입구 초입(개내먼데기라고 불렀음)부터 장승포 초등학교까지 모든 학생들이 달음박질을 하기 시작했다. 누가 먼저 그렇게 뛰기 시작했는지 모르지만 우리 마을 아이들은 그 개내먼데기부터는 항상 뜀박질을 하면서 학교로 갔다.

그날도 그렇게 온 학생들이 뜀박질을 하여 막 교문으로 들어서려는 그 때, 갑자기 많은 무리들의 웅성거림이 시작되면서 들 것에다 죽어가는 사람들의 시체를 얹어 학교 마당으로 들어서고 있

어 우리 모두는 깜짝 놀랐다. 그런데 자세히 보니 이미 학교 마당
에는 죽은 사람들의 시체가 줄을 지어 눕혀있었다. 이어서 사람들
의 아우성, 울음소리가 들려왔고, 학교에서는 아이들은 교실로 들
어가라는 안내를 했다.

그렇게 무슨 일인지도 모르고 벌벌 떨며 교실에 웅크리고 있는
데 중학교에 다니는 언니들이 동생들의 생사를 알기 위하여 교실
로 들어와서 이름을 부르기 시작했다. 그때 언니가 해성중학교 2
학년이었다. 언니와 함께 나란히 학교로 오다가 언니는 해성중학
교로 가야 하니 애광원으로 지나는 버스길로 가고, 장승포 초등학
교로 다니는 나는 장승포 해안도로를 걸어서 학교로 갔다. 그렇게
헤어진지 몇 분 안에 굴세미골 산사태가 일어난 것이다.

언니는 내가 아무 일이 없다는 것을 확인한 후 눈물을 뚝뚝 흘
렸다. 언니가 애광원 앞 신작로를 지날 때 옥수동으로 가는 굴세
미골에서 큰 굉음과 함께 하얀 연기가 하늘로 치솟았다는 것이다.
그게 바로 굴세미골의 산이 무너지는 현상이었다.

몇 달 동안 내린 비는 보리만 썩게 만든 것이 아니라 옥수동의 산
일부가 무너져 내린 대사태가 발생한 것이다. 비를 이기지 못한 옥
수동 굴세미굴이 속절없이 무너져 내려 산밑에 살고 있던 마을주
민 61명과 위험함을 무릅쓰고 마을 사람들을 대피시키려고 들어간
경찰관 9명이 그 무더진 흙 속에 묻혀 생명을 잃은 사건이 일어났
다. 이 사건이 바로 '거제도 산사태' 사건이다.

언제나 눈웃음을 치는 친구가 있었다. 지금의 한화오션 속으로
사라져 버린 옛 관송에 있는 여자친구는 우리들이 모두 좋아하는

1969년 장승포시

친구였다. 그 당시는 모두 책 보따리를 허리에 두르고 다녔지만 그 친구는 부유한 가정이라 우리는 꿈도 못 꾸는 책가방을 메고 다녔다. 비옷도 챙겨입고 다녔고, 책가방 속엔 공놀이 고무공을 넣고 다녔다.

그 친구가 학교로 오다 그냥 하늘나라로 떠나버렸다. 우리 모두는 그 친구의 가방 속에 풍선만큼이나 부풀어 있는 고무공을 보고 울었다.

또 한 명의 친구는 양 부모님을 모두 잃고 말았다. 경찰이었던 친구 아버지가 마을 주민들을 대피시키다 그만 생명을 잃고 말았다. 그 뒤 그 친구는 누나와 함께 학교를 떠났다. 작은 마을에서 산사태로 일흔 명의 목숨을 잃은 사건은 대단한 일이었다. 마을

1969년 옛 거제고등학교 자리

전체는 울음바다가 되었고, 현대적인 장비가 없던 시절이라 군인들이 내려와 삽과 괭이로 시신을 찾는 작업을 하였고, 그 사건은 오랫동안 '대한뉴스'를 장식하고 있었다.

그 뒤 굴세미골 산이 무너진 구 거제고등학교 자리는 장승포시 청사로 사용하였다. 정말인지 거짓말인지 모르지만 마을 사람들 사이에선 밤이 되면 그 곳에 떠도는 영혼들로 마을이 안녕하지 못하다는 소리가 돌았다. 더구나 장승포시 청사에서 숙직을 하는 공무원들 사이에 밤이면 굴세미골 산사태에 돌아가셨던 영혼들이 찾아와서 숙직을 하기가 정말 무섭다는 이야기도 심심찮게 떠돌아 다녔다.

세월이 흐른 2011년 장승포동 어느 면장님께서 큰 결단을 내렸

다. 그날의 영령을 위로하는 추모제와 추모비를 세우겠다는 결심
을 하시고 위령제 추진위원회를 발족하였고, 그 당시 사고를 당했
던 가족들을 찾기 시작했다. 그리고 그 당시 사건을 경험한 4학년
초등학생은 어른이 되어서 추모시를 쓰는 역할을 하게 되었다. 추
모시를 완성하여 제출하였더니 거제경찰서장님께서 희생되신 경
찰관들 이야기도 시 속에 들어가게 해 달라는 요청에 의하여 시의
마지막에 경찰관을 추모한다는 내용도 삽입하였다.

첫 위령제를 하던 날, 유족들이 많이 모였다. 한나절 내내 위령
제를 지내면서 추모시를 낭송할 때 그 당시의 장면이 영화처럼 스
쳐 갔다. 위령제가 끝난 후 나는 그 때 경찰이었던 아버지와 어머
니를 잃고 초등학교 4학년에 학교를 떠났던 C친구의 얼굴을 찾아
보았다. 그렇게 긴 세월이 지났지만 그 윤곽이 어름풋이 생각나서
나는 중년을 넘어선 한 남자 앞에 가서 조심스레 C친구가 아니냐
고 물어보았다.

정말 그 친구가 맞았다. 나는 부모를 잃고 고향을 떠나는 그 친
구가 안타까워 가슴 속에 생각하고 있었는데 그 친구는 나의 존재
는 전혀 모르고 있었다. 하기야 초등학교 4학년 때의 일을 모두 얼
마나 기억하고 있을까마는.

그렇게 거제시를 떠나고 누나와 함께 어려움을 견디며 공부하
여 지금은 OO에서 병원을 운영하고 있다고 했다. 너무나 감사했
다. 부모를 잃고도 세상의 큰 일을 맡고 있는 그 친구에게 박수를
보내고 싶었다.

그 친구는 해마다 6월 25일이 되면 장승포에서 누군가 자기를

부르는 것 같았는데, 위령제를 지낸 후 이젠 안심하고 살 수 있겠
다는 말을 전했다. 그리고 장승포 동장님께 후원금을 보내와 그
친구의 정성을 장승포 초등학교에 전달하였다.

그 친구는 지금도 연락하면서 해마다 6월 25일 추모일이 되면
참석을 하는 해도 있고 그렇지 못하면 마음이 담긴 조화를 보내온
다. 이런 이유로 나는 해마다 6월이 오면 그곳을 찾아 묵념을 올린
다. 그리고 장승포동에서 실시하는 추모일 행사에는 꼭 참석하여
추모시를 올린다. 올 6월 25일에도 추모시를 낭송했다.

세월은 참 무심하다. 해마다 보내오는 그 친구의 조화가 도착하
지 않았다. 집으로 돌아가는 길에 전화를 했더니 오늘이 6월 25일
임을 잊었단다. 그 친구가 추모일도 잊는 것처럼 그 당시의 아픔
도 이젠 잊었으면 좋겠다.

원순련

전)초등학교장, 전)거제대학교 겸임교수, 전)(사)한국예술문화단체총
연합회 거제지회장, 현)거제시문화원 부원장, 현)동그라미유치원 대표,
현)미래융합평생교육연구소 대표, 현)교육학박사

마음 속에 묻어둔 고향

누구나 태어난 고향이 있다. 1950년 한국전쟁으로 삶의 터전을 버리고, 피난민 신세로 발길 닿는 곳에 정착을 하고, 북에 두고 온 가족들을 그리며 고향을 이제나 저제나 가고 싶지만, 한 평생 못가고 생을 마감하신 분들도 많다. 그나마 사진 한 두 장이라도 있으신 분은 마음에 위로가 되겠지만, 가슴 속에 고향을 묻어둔 생각의 또 다른 사진들이 많을 것이다.

고향에서 태어나서 고향에서 생을 마감한 분들도 있지만, 대부분은 고향을 떠나 새로운 정착지를 정하고 타향살이를 하는 사람들이 국민의 다수가 아닐까 싶다. 특히 1951년 1.4 후퇴로 생소한 외지로 와 힘들게 살면서 모두들 고향을 그리워했다. 같은 해 12월 23일 함흥철수작전으로 미군의 수송선이던 메리디스빅토리호에 군수물자를 하역하고, 피난민 약 14,000여명을 승선시켜 낯설고 생활여건도 다른 거제도 장승포항에 첫발을 내딛어 당시 거제도 인구수가 갑작스럽게 불어났었다. 생소한 외지에서 힘들게 살아가면 누구나 고향을 그리워하게 된다.

그리움이 가슴속에 엄습할 때 구슬픈 노래를 부르면서 마음을 달래어 보기도 하고, 한 잔 술을 천천히 채우며 두 눈 속에 담아 있는 고향을 함께 술잔에 채운다. 누구에게도 쉬이 말 못하고 가슴속에 남아있는 향수를 술에 담아 마신다. 고향을 생각하면 괜스레 가슴이 뭉클해지고, 눈시울을 훔치기도 하는 가슴 아픈 사연들이 많을 것이다.

각기 다른 이유로 모여든 사람들

거제도에는 '대우조선해양과 삼성중공업' 조선소 건설로 인구수는 엄청나게 불어났고, 생업을 위해 살러 온 분들도 인구수에 보탬이 되었다. 타향살이 30년을 넘기면 제2의 고향이라고 말들을 한다. 양대 조선소에 근무하면서 가족들이 거제도에 이사를 하고, 청년으로 회사에 입사하여 결혼하고, 자식을 낳고, 자녀들 학교에 보내고, 결혼을 시키는 과정에서 장년이 되어, 거제시민으로 노년을 보내면서 살아가는 사람들도 많이 있다.

거제도 안에는 실향 이주민들도 있다. 대우조선해양과 삼성중공업 그리고 구천댐건설로 고향이 흔적도 없이 사라지거나, 수몰되어 반 강제로 이주한 실향민들이 생겼다. 고향은 사라졌지

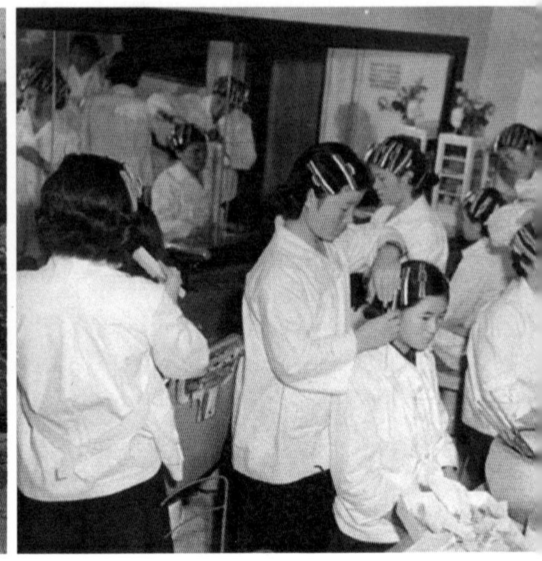

1952년 애광원 직업보도소 설립 당시 사진(좌)과 당시 훈련 모습(우)

만, 다른 한편으론 국가경제가 발전함으로 살기좋은 세상이 되었고, 댐 건설로 시민들이 좋은 물을 마시게 되어 위안이 되기도 한다. 그러나 마음 속에 남아있는 고향은 지우개로 지울 수가 없다. 이주민들이 살았던 마을을 보존하였더라면, 지금은 관광의 자원으로 손색이 없을 정도로 명성을 날렸을 것이라는 아쉬움도 남아 있다.

어디 그 뿐인가? 거제도에는 안타까운 역사도 있다. 보육원(애광원, 성지원)이 있다. 부모도, 고향도, 기억도 없이 보육원에 입양되어 공동생활을 하면서, 어렵게 성장하여, 전국으로 뿔뿔이 흩어져 살아가는 사람들도 있다. 그 중에는 소식을 주고 받는 또래의 친구나 선후배들도 있지만, 소식이 단절된 사람들도 많다고 한

애광원 직업보도소(현재)

다. J초등학교를 다니면서 보육원 출신의 친구들이 다수가 있었다. 졸업을 하고, 나이가 들어 동기생들이 모임을 하고 있다. 특히 보육원에서 성장한 친구들을 만나면 반가워서 손에 힘주어 악수를 하고 서로 기뻐하면서 포옹을 한다. 그만큼 보고 싶었던 친구들이다. 친구들의 이름을 부르면서 안부를 묻기도 하고, 보고 싶기도 하지만, 소식이 두절된 친구들은 아쉬워하며 기억을 더듬어 보기도 한다.

고향을 떠나서 성씨가 같은 집성촌 마을도 있다. 반씨, 옥씨, 윤씨, 김씨, 황씨 등 동네가 친척들로 이루어져 있었다. 대소사가 생기면, 마을 전체가 서로 도와주는 협동심을 발휘한다. 살아가면서 서로 조심스럽게 행동하고, 함부로 말을 하지 못한다. 서로 예

의를 갖추어 살아간다. 혹시 어려움이 발생하면 십시일반으로 도
와주기도 한다.

가슴 깊이 간직한 저마다 다른 사연

그뿐인가? 진전면 이명리 마을에 괴질병(장티푸스로 추정)이 발
생하여 마을 전체 사람들이 죽어가기에 생명을 보존하기 위해, 증
조할머니와 할아버지, 할머니, 고모할머니는 지게에 봇짐을 지
고, 보따리를 머리를 이고 걸어서, 걸어서 배를 타고 바다를 건
너 할아버지는 거제시 동부면 구천리에 정착하였고, 고모할머
니는 동부면 평지리에 여장을 풀고, 평생을 살다가 마을이 내려
다 보이는 곳에 묻혀 있어 묘지가 이를 증명을 하고 있다.

작고하신 아버지께서 나를 초등학교(1996년3월1일부터 정부
에서 역사 바로 세우기로 국민학교에서 초등학교로 개칭)시절, 고사
리 손을 잡고, 조상 벌초를 가면서 할아버지가 거제도에 정착하
게 된 사연을 이야기 해 주었다. 나는 아버지의 말씀을 귀에 익도
록 듣기만 했다.

아버지는 태어난 고향을 떠나 살고 있었기 때문에 조상 벌초
를 마치면, 구천마을에 가서 친척들을 만나고, 동네 사람들을 만
나서 안부를 묻고, 어르신들에게 큰 절을 하고, 얼굴에 웃음꽃
이 피어있는 모습을 보면서 나는 자랐다.

위에 열거한 사연들 외에도 거제도에서 정착한 사연들 가슴

에 안고 있는 이들이 많을 것이다. 낚시가 좋아서, 경치 좋고, 공기 좋아서, 마음을 다스리기 위해서, 바다가 좋아서, 병을 고치기 위해서 등으로 남녀가 청춘을 불태우는 그리움은 아름답게 피어나지만, 고향을 떠나 살아가는 사람들은 고향에의 그리움을 가슴 속에 담아 한평생 향수병이 되어 있을 것이다.

김주근
거제아양동 관송마을 출생, 거제대 사회복지학과 졸업, 〈국제문단〉 시,
수필 신인상, 칼럼니스트(거제타임라인), 신한기업 대표

연육교連陸橋 열리다

어느 시인의 노래가 공명되어 파도처럼 밀려온다. 파도는 섬으로 다가와 도란도란 전설을 쌓는다.

내 고향 남쪽 바다 그 파란 물 눈에 보이네
꿈엔들 잊으리오 그 잔잔한 고향바다
지금도 그 물새들 날으리
가고파라, 가고파

동녘이 희끄무레 밝아 온다. 이윽고 여명의 커튼이 열린다. 새벽녘의 서울 남부터미널은 평일이지만 저잣거리 마냥 북새통이다. 새벽부터 어디서 와서, 무엇 하러, 어디로 가는가? 역동적으로 살아가는 시대의 축소판이 여기 오롯이 펼쳐진다.

황덕도

설렘으로 밤잠을 설친 채 급히 왔건만, 거제행 첫차는 이미 매진이란다. 한 시간 가량 기다려 고현행 좌석버스를 탔다. 안주머니에 고이 접어 간직한 고향 황덕도(黃德島) 연육교 준공식 초청장을 보물 지도인 양 살며시 꺼내 본다. '모시는 글'이다.

"황덕도 주민의 오랜 숙원사업이었던…"

2015년 10월 5일 오후 2시경, 고향 섬 황덕도의 이장인 허경식 형님으로부터 전화가 걸려 왔다.

"철수 동숭, 별일 없제? 황덕도 다리 준공식이 오는 10월 19일로 결정되었다. 시장의 초청장이 동숭 니한테 발송되었는데 그날 꼭 와야 한다. 올 끼제?"

몇 번의 시도에도 불구하고 경제성이 없다느니, 예산이 없다느니 하며 차일피일 미루더니만 드디어 섬사람들의 꿈이 현실로 이루어진 것이다.

지나간 세월이 고속버스 차창 밖으로 주마등처럼 흐른다. 황덕도. 섬의 생긴 모양이 마뜩잖아서 계절풍인 샛바람, 갈바람, 된바람조차 막아 내는 포구가 없는 곳이다. 태풍은 고사하고 파랑주의보 정도의 바람만 불어도 노를 저어 물길을 건너는 목선인 나룻배는 발이 묶여 칠천도와의 왕래가 끊겼다.

바람을 무릅쓰고 나룻배를 띄우다 어려움을 당한 고비가 어디 한두 번이던가. 초등학교 때부터 지각은 부지기수였고, 결석 또한 잦았다. 매 학기마다 우등상을 받았지만 항상 논란의 대상이었다. 결석이 잦아 수업일수가 모자랐다. 하지만 천재지변에 의한 사정이 인정되어 우등상을 수상하곤 했다.

상은 그렇다 치고, 결석 후에는 수업 내용의 정리가 큰 문제였다. 등하굣길도 만만치가 않았다. 중학교부터는 계절을 막론하고 새벽 6시에 집에서 출발해야 했다. 여름 한철을 빼고 귀갓길은 별을 등에 졌다. 왕복 40리 길, 걷고 뛰었다. 게다가 하루 네 번의 나룻배 노 젓기도 감당하기 어려웠다.

저녁이면 온몸이 파김치였다. 혹여 급한 환자라도 생기면 낭패였다. 치료 시기를 놓쳐 목숨을 잃는 경우도 종종 있었다.

살다 보면 급한 일이 한두 번이랴. 생필품을 사려면 면 소재지인 하청까지 가야 했다. 때 없이 바람이라도 불어 나룻배가 발이 묶이면 옴짝달싹하지 못했다. 그러니 생활이 오죽하였으랴. 바람이 조금만 세게 불었다 하면 외톨이가 되는 절해고도(絶海孤島)가

내 고향이었다.

그러고 보니 전기가 들어온 것은 43년 전인 1979년이었다. 이전에는 등유로 호롱불을 켜고 살았다. 물을 구하는 일이 급선무였다. 내가 황덕도를 떠난 지 27년 후인 1996년에야 비로소 칠천도의 큰 우물에 연결된 해저관(海底管)을 통해 물을 공급받기 시작했다. 그러다가 17년 전인 2005년에 이르러 상수도 시설이 완료되어 물 걱정을 덜게 되었다. 손수레조차 없는 곳에 이제는 연육교가 생겨서 기름으로 달리는 네 발 달린 자동차까지 섬에 들어오게 되었으니 경사가 아니랴.

거제에서 농협 지부장으로 재직할 때이다. 고향 섬마을에 음식을 장만하고 시장을 비롯한 시의 주요 기관의 기관장들을 초청하여 마을 잔치를 베푼 일이 있었다. 황덕도에 연육교가 절실하다는 것을 인식시키고 협조를 부탁드릴 목적이었다.

어렵사리 참석한 시장은 긍정적인 반응을 보이며 마을 사람들을 격려했다. 오지(奧地)에 각 기관장 여덟 명이 방문한 일은 섬이 생기고 처음이었다.

"거제시 기관장님들의 방문을 환영합니다. 황덕도 주민 일동"이라는 현수막을 매달았다. 섬에 연육교를 놓아야 한다는 당위성을 알려 주고 싶었던 게 나의 소망이었다. 연육교의 건설은 내 꿈이자 섬사람들 모두의 한결같은 꿈이었다.

이때 황덕도의 나룻배를 타본 그네들은 모두 은퇴했지만, 지금도 일 년에 서너 번 만나 우의를 다지는 모임이다. 이름하여 거장회(巨長會)다. 그 후로 십수 년의 세월이 흘렀다. 시장이 여럿 바꾸고 연육교 설치에 대한 타당성이 조사되고 검토되었다.

서울에서 4시간 남짓 달려 고현 터미널에 도착했다. 6촌 형님의 사무실에 들렀다. 준공식에 같이 가기로 약속이 되어서였다. 형님은 중간 섬 칠천도가 고향이다. 초등학교, 중학교 선배이기도 하다. 나룻배를 타고 중학교를 다닌 몇 안 되는 사람 중 한 분이다. 나룻배의 애환을 알뿐더러 내 고생의 이력까지도 모두 어제 일처럼 꿰고 있다.

고현에서 형님 차로 십여 분을 달리니 하청이다. 고다리 마을까지는 20분 거리이다. 나룻배를 두 번 타고 내려서 걷고 뛰기를 해도 3시간이 걸리던 멀고도 멀던 길을 불과 20분 만에 도착한 것이다. 믿기지 않는 일이었다. 더구나 황덕도까지 거침없이 내달릴 수 있게 된 것이다.

고다리 끝에서 이장인 경식 형이 반갑게 맞아 주었다.

"동숭 니, 잘 왔다. 멀리서 온다고 고생했제?"

고희를 넘긴 형은 삼 십 년을 마을이장으로 헌신하며 고향 마을을 지키고 있다. 바다에서 일한 억센 손을 잡고 잠깐 할 말을 잊었다.

"형님, 다리 놓느라고 수고가 많았습니다."

정장한 모습은 나는 처음 본다. 기나긴 세월이었다. 2011년 4월에 공사가 시작되고, 4년 6개월 동안 바다 밑에서부터 4개의 교각을 세우고 상판을 올려서 완공되었다. 드디어 연육교 준공식이 거행되는 것이다.

이름하여 황덕교(黃德橋)이다. 양쪽 마을에서부터 접속도로가 264m란다. 다리의 중심인 연도교는 263m로 '닐센 아치교'라는 교량 공법으로 이루어졌다. 다리의 폭은 5.5m로, 아치 리브 밑에는 차가 교차해서 피할 수 있게 7.5m이다.

황량한 바닷가 양쪽을 이어주는 무지개를 연상케 하는 주황색의 밝고 아름다운 다리가 멋있고 웅장하다. 서울의 양화대교와 흡사하다. 같은 공법이라고 한다.

다리 가운데에는 활 모양의 두 개의 아치리브(arch rib)를 중심으로 바닥의 보강형(girder)을 양쪽에서 각각 여덟 개의 케이블(cable)로 지지하는 형태의 공법이다. 곡선의 유연하고 부드러운 이미지이다. 감개무량하다. 상전벽해(桑田碧海)라던가. 황덕도에 다리가 놓이다니, 그것도 내 생전에 말이다.

263m! 수치로는 얼마 안 되는 물길이 그렇게도 멀더니만.

하늘에 떠 있는 애드벌룬이 큰 줄도 이제야 알았다. 장소에 따라 크기가 달라 보이는 애드벌룬은 착시현상이 아닌 심리의 변화이리라. 파란 하늘에 "경축 황덕교 준공"이라는 현수막이 떠 있다.

오후 3시, 풍물놀이와 축하공연에 이어 준공식이 시작되었다. 시청의 ○○과장이 내빈 소개 순서에서 내 이름을 불렀다. 400여 명의 축하객들에게 허리 숙여 인사를 했다.

"감사합니다."

참석한 축하객 중에 얼마나 많은 사람들이 연육교 개통에 감격해할까? 깊은 회한과 상념을 가진 사람이 몇 사람이나 될까.

기라성 같은 사람들이 준공식에 자리를 함께했다.

"형님, 서울서 오늘 오셨습니까? 축하합니다."

K의원에 이어, 시장의 "선배님, 많이 기쁘시지요? 축하합니다."

라는 인사에는 여러 의미가 함축되어 있었다.

"고맙습니다. 덕택에 황덕교가 개통되었습니다."

이어 축하 테이프 커팅 순서가 있었다. 열다섯 명이 한 줄로 서서 테이프 커팅이 시작되었다. 앞쪽을 권유받았지만 사양하고 일부러 제일 끝자리에 섰다. '고향을 축하하러 오신 손님들을 앞장 세워야지.'

축하 테이프를 자르려는 순간, 가위를 쥔 손이 떨려 왔다. 눈시울이 뜨거워 왔다. 감격이리라.

그래, 오고 싶을 때 무시로 달려오리라. 다리 위를 걷는다. 수많은 사람들이 걷는다. 남녀노소, 지위가 높은 사람, 낮은 사람 모두가 환한 표정들이다. 만감이 교차한다.

건너는 다리는 똑같다. 황덕교. 다리 난간을 잡고 황덕도와 칠천도를 번갈아 쳐다본다. 고향 사람들을 붙잡고 반갑게 안부를 묻는다. 서른다섯 명의 고향 마을 사람들의 뜻깊은 잔칫날이다.

그렇다. 이보다 더 기쁘고 기분 좋은 잔치가 어디 있을까. 조부모, 부모님의 묘소를 둘러보았다. 감회가 새롭다. 산천은 변함이 없는데 세월이 덧없이 흘렀다.

생성 이후 억겁의 세월을 보존한 채 홀로 외롭게 떨어져 있던 섬, 황덕도가 뭍으로 이어졌다. 경천동지(驚天動地)할 일이다.

칠천도 쪽 고다리 끝에서 황덕도를 쳐다보다 뒤돌아섰던 때가 몇 번이었던가. 파도를 일으키는 바람을 원망하면서 "이놈의 바람 시도 때도 없이 불어재끼네. 좀 잠잠하면 덧나나."

섬에서 칠천도로 건너가는 이 물길을 무력하게 쳐다만 보면서

결석으로 가슴 조이던 아득한 세월 저편의 아련한 추억들이 새삼
스럽다.

이제 뭍으로 변했다. 연육교를 통해 중간 형님뻘인 형제섬 칠천
도와 어깨동무를 한 것이다. 칠천도는 22년 전인 2000년 1월에 큰
형님뻘인 거제도 본섬과 연육교로 한길이 되었다. 한편 거제도는
49년 전인 1973년에 연육교인 '거제대교'가 생기면서 통영과 연결
되었다.

그랬다. 고향 섬이 연육교로 이어졌으니 황덕도는 어디서든 거
침없이 달려갈 수 있는 곳으로 변했다. 오랜 세월 연육교의 소중
함을 체득했으니 개통에 많은 의미를 부여하고 싶다. 땀흘려 수고
한 많은 사람들에게 감사해야 하련다.

친구 중에는 나를 부를 때 'country boy'란다. '촌놈'이란 뜻이다.
한술 더 떠서 대놓고 '섬 놈'이라 하지 않고 '도자(島者)'란다. 내겐
이런 조어(造語)도 미상불 제격이지 싶다. '섬 도(島) 놈 자(者).'

그랬다. 나는 섬놈임에 틀림이 없다. 그런데 트리플 도자인 줄
알면 기절초풍할 것이다. 섬 중에, 또 섬 중에 섬놈인 것을 아는
사람은 거의 없다. 왜냐하면 내 고향 마을을 와 본 사람이 없으니
까.

이제 '도자'가 아니라고 외치고 싶다. 고향이 육지와 연육교로
이어졌으니 이제는 엄연히 육지다.

며칠이 지난 후 황덕교 준공식 때 촬영한 테이프 커팅 기념사진
이 집으로 우송되었다. 액자에 넣을 수 있는 A4 사이즈다. 앞쪽에
커다란 모습으로 클로즈업된 테이프 커팅 장면이 찍혀 있었다.

“아, 포커스를 맞추기에 따라 사진의 크기와 의미가 딜라지는구나.”

제일 끝에 서서 테이프 커팅을 했는데 포커스를 뒤쪽에 맞추어 사진을 촬영할 수도 있구나. 고마웠다. 공보담당 K형에게 문자메시지를 보냈다.

“K형! 잊지 않고 기억해 주셔서 고맙습니다. 항상 건강하세요. 김철수 올림.”

“감사합니다. 지부장님도 건강하십시오.”

그렇구나. 인간관계이다. 언제나 어디서나 만남의 순간을 소중히 해야겠다. 일기일회(一期一會)란 말이 있지 않은가.

바람이 세게 불면 풍랑이 일고, 풍랑이 일면 나룻배의 발이 묶이던 섬도 이제는 지나간 옛이야기가 되었다. 애환 어린 나룻배가 멈추는 날이 황덕도의 축제일이 되었다. 섬에 태풍이 불어와도 외롭지 않겠다. 연육교로 연결된 형제 섬들이 있지 않은가. 육지가 되지 않았는가.

가난으로 얼룩진 섬마을 사람들의 구릿빛 주름살에 가을 햇살이 비쳐 온다. 일하다 쉴 때에도 허리를 펴고 웃을 수도 있으리.

김철수

계간 〈수필문예〉신인상, 에세이포레 문학상, 수필집 〈바다의 노래〉(2016), 〈절규〉(2017) 〈숭어, 하늘을 날다〉(2020) 외 다수. 거제수필문학회, 거제경문학회 회장, 재경 거제시향인회 회장.

옛 고현 거리 풍경을 더듬다

앨범을 정리하다 흑백 사진 앞에서 눈길이 멈춘다. 70, 80년대 고현 거리가 인물사진 배경으로 드러나면서다. 사진 너머로 바깥 풍경까지 떠올라 활동사진처럼 재생되고 있다. 중, 고등학교 시절의 옛 고현 거리풍경이 새삼 정겹다.

그 시절에 난 매일같이 3.5㎞ 거리를 오가며 학교에 다녔다. 고현항 근처 산비탈 소나무에 소복소복 눈이 쌓일 때면 크리스마스트리가 따로 없었다. 바닷가를 따라 집으로 가는 길은 언제나 멀었지만, 한 폭의 동양화를 보는 것처럼 아름다웠다.

그때만 해도 거제는 조선도시로 도약하기 위한 출발점에 있었다. 양대 조선소가 첫 삽을 뜨기 시작했다고나 할까. 이때 삼성 중공업은 고려 조선소였고, 한화 오션은 대한조선주식회사였다. 가물가물한 기억 속에 옛 고현풍경이 불쑥불쑥 떠오른다.

1980년대 고현의 모습

내 기억 속의 고현 거리는 그야말로 섬마을 시골 풍경이다. 한내다리를 넘어 고현사거리를 거쳐 학교까지는 시내 흙먼지 날리는 도로를 지나야 했다. 도시 재생 사업으로 공연장이 설치된, 당시 고현 지서가 있던 곳을 조금 지나면 양 씨 주유소가 나온다. 양 씨 주유소 아래쪽 건물은 고려개발에서 매립한 신도시다.

그때 있었던 건물을 생각나는 대로 스케치하는 것도 흥미롭다. 산림조합 건물 앞 한내다리에서 진입해 고현사거리 지점에서 좌회전하고, 상동동 올라가는 방향으로 향한다. 첫 번째 건물이었던 옷가게는 반씨네 잡화점이 대구약국으로 바뀌었다가 옷가게로 바뀐 곳이다.

주면에 내 장인 어르신이 잠시 살았던 거제건축설계사무소도 있었고, 잡화점을 파는 연초상회도 있었다. 한때 그곳은 자동차가 돌진하는 바람에 건물이 부서지기도 했다. 그 너머로 보이는 남미사, 보석 금방, 군수집, 친구네 보건약방, 아버지가 내게 선물한 일제 "리코" 시계를 곧잘 수리했었던 일광당도 있었다, 자전거 배달을 했던 고현 막걸리 술도가집은 빵가게 이화당으로 바뀐 곳이다.

그뿐인가. 김 약국, 두부 공장, 남해 철물가게, 녹음과 판매를 겸했던 레코드 가게, 나이키 가게, 고현 우체국, 문방구 가게, 맞춤복 전문집인 성신 양복점, 건축사 친구집, 교육장 아들집, 농협중앙회 은행, 보신탕집, 경남신문 기자집, 극장도 있었다. 섬 다방도 있었고, 다리 건너 아저씨의 목공소, 금옥상회, 신흥이발관, 해동여관, 칠광사, 양복점도 있었다.

초등학교 3학년 때의 일이다. 숙제하지 않았다고 교실에서 손바닥 3대를 맞을 때 하필이면 어머니가 학교에 오셨다. 그로 인해 나는 손바닥이 내려앉는 것 같은 통증을 느껴야 했다. 그때 담임선생님 집을 지나면 비염을 앓던 친구집도 보이고, 철물점인 태양상회, 탁구장, 성포집, 거성전업사가 보인다. 또한 거성교회, 뽀빠이집 등 당시 거제상업고등학교 인근 도로 입구까지 나열된 옛 고현거리 풍경도 보인다.

여기서 고현 삼거리 좌회전 상동동 방향 우측 시작점 건물은 국정 산업에서 고현 시장을 건축하기 전에는 자동차 정비소였다. 또한 중앙이발관, 보석당, 2층 다방, 장 택시회사, 건재철물점, 충무집, 계룡목욕탕, 마산 문구점, 동신 유리, 현재 동원장 같은 부지

옛 고현 거리

건물, 청춘사진관, 남도전파사, 신흥장여관, 신현농협 당시 본점, 농촌지도소도 있었다,

현재 고현 약국이 있는 곳은 신현지업사, 부산 문화 FM 방송을 양과점 실내에서 틀어주었던 향원당 양과점, 조선일보 지국, 옛 거제군보건소, 뚜꺼비집, 잡화점과 2층 다방, 다리 건너 중학교, 금장 다방, 신현서점이 있었다. 지금의 공공청사는 옛 신현면사무소 자리이며, 이불점, 신현인쇄소가 있었다.

체육사, 함석집, 이장댁, 임시 버스 정류소로 사용된 후배네 집. 돌담 대문이 인상적이었던 친구집, 두부 공장, 현대이발소, 제일관, 초등학교 급식용 빵공장, 제일부동산, 선생님집, 교육청 사택 그리고 학교 삼거리에는 찐빵 가게도 있었다.

당시 고현에는 택시가 단 2대였다. 한 대는 '장 택시'라 불리는 동기 아버지께서 운행한 '시발택시'였는데, 드럼통을 펴 만든 '코란도' 단종된 옛 버전 모양이었다 다른 한 대는 '코로나' 택시였다. 당시 등교할 때마다 그곳을 지나곤 했는데, 비포장 고현 시내 거리에는 아침이면 가게 주인들이 길바닥에 물을 뿌렸다. 흙먼지가 물과 합쳐져 쇠똥구리 원을 그렸는데, 물을 뿌린 자국이 흙먼지를 적게 날리게 하기 위함이었다.

생각만 해도 정겨운 내 고향 풍경이다. 세월이 흘러 조선소 호황과 우리나라의 경제 발전으로 소도시 건물과 도로 형태가 선진국 수준으로 바뀌었다. 고층 건물과 도시 기반 시설이 잘 갖추어졌고, 변화무쌍한 삶 속에 고현거리도 예전과 사뭇 다르다.

이 한 장의 흑백사진을 통해 재생되는 이야기가 이어져 내 젊은 날의 추억까지 불러낸다. 여기서 내가 오토바이를 타고 찍은 흑백사진은 고등학교 졸업 후 무려 8년이 지난 고현 거리 풍경이다. 모든 것이 부족하고 힘들었던 시절이라 생각나는 이야기도 많다. 옛 고현거리 풍경을 스케치하자, 떠오르는 사람이 하나, 둘이 아니다. 동네방네 집집마다 속사정을 훤히 알고 있었기에 가족처럼 그리운 사람들이다.

오토바이를 타고 있는 사람이 필자이고 좌측에 서 있는 분이 당시 명칭 대한지적공사 거제지사 전종철 팀장이다. 이분은 경기도 수원이 고향이다. 수원에서 거제로 발령받아 거제에서 오랫동안 지적측량 분야의 일에 종사 한 분이다. 성품이 너그럽고 남에게 베풂을 많이 한 사람이다. 지금은 연락처를 알 수 없어 소식을 전혀 알지 못한다. 나에게 도움을 많이 주신 분이어서 거제도 특산품이라도 보내 드려야 하는 데 주소를 모르니 아쉬운 마음이 크다. 81년도 고현 거리의 풍경을 보니 그때의 내 몸에 풍기는 젊음의 뜨거운 열정이 고현 거리를 휘젓는 듯하다.

옥순룡

시인, 수필가. 월간 〈시사문단〉 신인상 등단. 한국문인협회 회원, 거제 문인협회 이사, 청마사업회 감사, 거제포토갤러리 매니저, 거제시 해양 조선 관광국장(전) 현거제문화원 이사

Story
2

수군수군

장승포항의 소야곡

휘파람새는 지심도 동백숲에서만 우는 게 아니었다. 장승포항 해녀도 휘파람을 잘 분다. 날건달 담 넘어 이웃 처자 호리듯. 홀아비 과부 꾀듯 강단지게 잘 분다.

"호이잇, 호이잇."

숲속의 새는 짝을 찾아 울지만, "휴우잇 휴우잇." 갱물 마신 장승포항 해녀는 숨이 차서 분다. 단말마의 저 휘파람이야말로 심장을 도려내는 피맺힌 절규이리라.

저승에서 돈 벌어

이승 사람 먹여 살린다는

휘~이 휘~이 휘파람새로 살다

검은 외짝 버선만

조등처럼 걸어두고

사라진,

그대 장승포 해녀여!

　바닷가 여자로 태어났기에 해녀가 될 수밖에 없었다. 뭍의 여인이 코디분을 바를 때 갯가 아낙은 소금분을 칠했다. 온몸을 조여드는 검은 고무 옷을 입고 사냥에 나섰다. 납덩어리를 혁대처럼 두르고 심해 바닷속으로 거꾸로 첨벙! 뛰어들며 살았다. 오리발 두 짝을 바다 위에 조등처럼 걸어 두고 물속으로 곤두박질친다. 저만치 던져놓은 테왁만이 존재의 흔적을 알리는 증표이다.

　지금쯤 바닷속 종착지에 안전하게 도착했으려나. 먹이 찾는 하이에나처럼 바닷속 구석구석을 헤맬 것이다. 저승서 돈 벌어 이승

사람을 먹여 살려야만 하기에 처절하게 몸부림을 칠 게 뻔하다. 칼끝으로 바위에 붙은 전복을 돌려내고 바위틈에 숨은 문어를 쇠꼬챙이로 내리찍어 끌어내야만 한다. 값을 더 받으려면 해산물의 신선도는 필수조건이다. 흑삼 홍삼 어데 있나. 낫으로 돌미역을 베어 망사리 가득 채운다.

내가 몸보신을 위해 끓여 먹었던 전복죽과 '섭'을 넣고 곤 야들야들한 미역국은 장승포 해녀의 수고로움 덕분이었다. 바다 숲속은 매양 노다지를 캐는 보물창고만의 아니다. 자칫하면 비명횡사할지도 모르는 위태로운 직업이다. 그 위험한 행위예술을 장승포항 해녀가 죽을 둥 살 둥 한다. 진저리 모자반 줄기에 목숨줄을 묶어두고 물밑을 오르내리며 숨비소리를 토해낸다.

"휴우잇 휴우잇."

호흡을 정지하는 순간은 저승의 삶이 되고, 가마우지처럼 물 위를 치받고 오르는 순간만이 이승에 생존해 있음이 확인된다. 낮달처럼 떠 있는 저 거룻배의 선장은 지심도로 향하며 울리는 유람선의 뽕짝 노래가 정겹기만 할까. 한 사람의 목숨이 달려 있는 바다에서 한시라도 눈을 돌리면 안 된다.

"이녁요, 이녁요. 내 말 좀 들어보소. 옛날 옛적에 그 많았던 장승포항 바닷속의 보물은 어째서 모두 녹아났나요? 휘파람 불며 물질하던 예전의 그 벗들은 또 어디로 가버렸나요?"

장승포항에서 멸치를 털어내며 지아비가 맞장구를 친다.

여보 마누라! 미안하오

강영봉 화가의 작품

에이야자 에야자

고생 끝에 낙이 온다잖소

에이야자 에야자

선술집 옥분이는 타관으로 떠났고

이녁과 나만 남아 장승포항을 지키잖소

에이야자 에야자

　여자는 물속에서 울고 남자는 뭍에서 운다. 가난해서 서러웠던 생전의 내 부모님 삶이 애달파 눈시울이 뜨거워진다. 서로 주고받는 신세 한탄이 바닷속 용궁까지 들릴까. 핸드 마이크로 용왕님이 아뢰고 싶다. 행여나 그 소리를 들으시거든 그들의 노고를

치하하사 다금바리 돌문어 사신使臣을 떼지어 보내 주었으면 좋
겠다.

쌍끌이 어선의 이물에 앉아 등대를 바라보는 남자의 어깨가 쓸
쓸하다. 외모로 보아하니 머나먼 쏭바강을 떠나온 이국의 남자 같
다. "산 너머 저 산 너머 행복이 있다길래" 행복을 찾아 떠났다는
카알 붓세의 시구처럼 그도 나처럼 행복을 찾아 장승포항을 찾아
왔을까.

"이년아! 가슴을 칼로 저미는 한이 사무쳐야 소리가 나오는 법
이여!"

아버지가 그물코를 꿰매며 막걸릿잔을 기울인다. 창피함을 무
릅쓰고 옥희네 양조장에 가서 내가 받아온 막걸리에 취했던 모양
이다. 얼큰하게 취기가 오른 아버지가 육자배기를 부르기 시작한
다. 천생 소리꾼이 될 수밖에 없었던 서편제의 유봉을 어설프게
흉내 내고 있다. 아버지 가슴에서 석탄과 백탄이 타든 말든 결코
딸의 허기는 채워줄 수 없었다.

'기브 앤드 테이크.' 나는 아버지 곁에 앉아 마른안주인 꼴뚜기
를 잘근잘근 씹었다. 먹통째 삶은 꼴뚜기가 이빨을 새까맣게 코팅
했다. 누군들 조상 재물 탐하고 싶지 않은 이 어디 있는가. 어설픈
선비 흉내를 내었던 반거충이 까막눈 부모 만나 배우지 못했다.
손가락이 갈고리 모양이 되고 온몸은 소금 꽃으로 범벅되었다. 그
렇게 자랐으니 아버지조차 아들들에게까지 뱃일을 시킬 수밖에
없었다. 물려받을 재산이 없는 사내로 태어났으면 뼈가 부서지는
한이 있더라도 식솔들을 책임져야 한다며 객지로 내몰았다. 그 등

쌀에 못 이겨 북해도 트롤선으로 연평도 조기잡이 어선에 올랐다.

새까맣게 그을린 외국 선원의 등 뒤에 설핏 오빠들의 실루엣이 드리워진다. 장작을 패든 도끼로 모표를 내리찍든 모습이 어제 일처럼 눈앞에 아른거린다. 아무리 형편이 어려워도 그 행동만큼은 하면 안 된다고, 오빠의 손을 어머니는 끝내 잡지 못했다. 어쩌면 오빠의 절박함보다 두 달째 밀린 내 월사금이 더 급했을 것이다. 머리숱에는 서캐가 매달렸고 머릿니가 목덜미를 슬슬 기어 내려오던 어린 날의 소녀가 나였거나 너였거나 우리였다.

매일같이 등교하는 게 두려웠다. 그렇다고 결석은 하기 싫었다. 그만큼 배움이 절실했기에 교실 뒷문으로 고양이처럼 들어갔다. 아침마다 선생님은 월사금을 미룬 죄로 불러내어 교실 뒤편에 세워 두었다. 단골로 찍힌 애들은 부끄러워서 차마 고개를 들지 못했다. 양초를 문질러 반질반질해진 바닥만 발끝으로 문질렀다. 너무나 치욕적이었던 그 장면들이 깨어진 사금파리가 가슴을 긋고 간다.

나는 옷 잘 입는 어린이보다 책을 많이 읽는 어른이 되고 싶었다. 하지만 그건 허황한 꿈에 불과했다. 읽을거리가 없어 누군가 버린 찢어진 책갈피와 바람결에 굴러다니는 신문 조각을 주워 읽었다. 그 마음을 샤먼이 먼저 알았을까. 일 년 신수를 보고 온 어머니가 저 애만큼은 공부를 못 시키는 게 한이 된다고 했다. 하지만 가난한 부모 탓하면 무엇하랴. 남자들은 배를 타는 일이 가장 쉬웠고, 여자들은 공장으로 가는 것만이 민생고를 해결하는 길이었다. 가난했던 내 아버지는 결국 아들 둘을 용왕신께 빼앗겨 버렸다. 그 죄의식에 사로잡혀 두더지처럼 날마다 땅만 파며 살았다. 어쩌면 깊게 판 구덩이에 자기 몸을 묻고 무덤을 만들어 버리고 싶은 심정이었을 것이다.

바닷가 사람들은 해마다 정월에는 용왕제를 지냈다. 아낙들은 서낭당 주변에 새끼줄을 둘러치고 뱃일 나가는 남편들의 무사 귀환을 빌었다. 하지만 바닷일은 알 수 없는 것, 천재지변이 생기면 바닷사람들은 모든 걸 운명에 맡길 수밖에 없었다. 그 애환의 끝자락에 유독 남편을 잃고 홀로 된 아낙들이 많았다. 어느덧 장승포항을 마주하며 살아온 세월이 칠순의 고개를 넘고 있다. 바다와 뭍의 경계선이었던 장승포항의 바운더리. 어부와 해녀의 시추에이션한 장면들이 펼쳐진다.

장승포항 주변에는 맛집도 있다. 북에서 내려온 피란민들이 정착하며 삶의 터전을 잡았다. 빅토리아호에 몸을 싣고 듣도 보도 못한 오지 섬인 거제도에 왔다. 같은 동족이었지만 물설고 낯선 땅에 아무렇게나 부러졌다. 우선 식솔들과 먹고 살아야만 했다. 닻을 내린 장승포항에서 비탈진 땅을 개간하고 고향의 음식 맛을 살려 식당을 차렸다. 1951이란 간판을 내건 짜장면집 가게와 냉면집이 그 역사를 증명하고 있다. 전분 가루를 만들고 손으로 반죽을 치다 면을 뽑았다. 자장면 가게와 함흥냉면 집이 쌍둥이 형제처럼 나란히 있다. 냉면 집은 갖가지 약재를 넣고 우려낸 육수 맛이 일품이다. 아이들의 운동회가 끝나면 꼭 천화원을 찾아 아이들이 좋아하는 자장면을 사 먹었다. 숯검정 같은 검은 소스를 얼굴에 묻혀가면서도 재잘거렸다. 애들 키우는 재미로 장승포항에서

장승포항 주변 맛집들

도낏자루 섞는 줄도 모르고 살았다.

이제 장승포항의 해녀도 다문다문 사라졌고, 손맛을 내던 피란민 1세대인 할머니도 가고 없다. 무슨 일이든 장인 정신을 전수해 음식을 만들어 대를 이어 간다는 건 애사 어려운 게 아니다. 부모님께 물려받은 그 일을 자식들이 맥을 이어 가고 있으니 입맛이 떨어지면 손맛을 찾아 나는 그 골목을 찾아간다. 사라진 건 사람만이 아니었다. 장승포 해녀도 다문다문 사라졌고, 섬마을과 뭍을 이어 주던 쾌속선 피닉스, 엔젤리너스 호. 느리게 달리던 새마을 여객선도 역사 속으로 사라졌다.

그나마 고유 민속놀이를 그 명맥을 유지해서 내려오고 있다. 거제의 명물 놀이라면 살방깨발소리와 팔랑개 어장놀이다. 팔랑개

총 다섯 마당으로 이루어지는 팔랑개어장놀이

어장놀이는 총 다섯 마당으로 이루어진다. 배신굿과 풍신제를 변형한 독특한 민속놀이로 고기를 잡으러 나간 남자들의 무사 귀환을 염원하며 아낙들이 펼치는 세시 풍속놀이 문화이다. 조선조 태조 1년(1392) 임금님께 진상을 올리고 어부들의 능률을 올리기 위해 행하던 데에서 유래되었다고 한다.

가자, 가자 어서 가자

어허영차 어허야

갈바람이 들물인가

썰물인가

어허영차 어허야

남자들의 무사 귀환을 염원하는 아낙들의 세시 풍속놀이의 일부

우리 성주 재수가 좋아

만선 깃발 달고 오네

어허영차 어허야

　첫째는 질굿마당으로 어부들이 선창으로 그물을 가져오고 도리깨질로 이물을 털어내고 셋째 마당은 용왕제를 지내며 만선의 기쁨을 서로 나누며 만선기를 꽂은 배를 주민들이 환영하며 걸판지게 한 판 펼쳐진다.

이 고기 잡아 누굴 줄꼬

어어영차 가래야

임금님께 진상하고

어어영차 가래야

통마리는 부모님 드리고

어어영차 가래야

살을 발라 자식 주고

어어영차 가래야

뼈다귀는 이녁 먹고

어어영차 가래야

장승포항에서 팔랑개어장놀이가 펼쳐지면, 나는 단숨에 비탈길을 달려간다. 이미 오래 전에 이승의 삶에 자물쇠를 채우고 저승의 열쇠를 열고 가버린 오빠가 있었다. 그 오빠가 만선의 깃발을 펄럭이며 돌아온 양, 춤이라도 덩실덩실 추고 싶었다. 시절 인연이란 게 정말 있을까. 순풍에 돛을 달듯 멋진 꿈을 꾸었던 열아홉 청년은 순풍 12호와 함께 흔적없이 사라져 버렸다.

공연은 끝이 났고, 파도에 떠밀려온 앳된 청년의 모습도 썰물따라 흘러갔다. 모두가 되돌아간 자리에 나만 혼자 덩그러니 남겨졌다. 날아가는 까마귀도 내 술 먹으라던 육 척 장신이었던 희숙 아범의 모습도 오늘따라 아슴아슴하다. 바다를 베고 누우면, 파도 소리와 함께 실려오는 바닷가 사람들이 부르던 노동요가 귓가에 맴돈다. 등대 아래 앉아 장승포항 소야곡을 들으면 가버린 내 청춘을 다시 돌리고 싶다.

거제 수산마을에서 딸(라경), 아들(도경)과 함께(1988년)

김임순

해양문학상, 방송대문학상, 동피랑문학상 대상(소설 〈혈의 꽃〉), 경남
문협 우수작품집상(소설집 〈허공 건너기〉) 수상, 소설집 〈허공 건너기〉
〈무드셀라 증후군〉, 수필집 〈흔적〉〈집어등이 밝은 이유〉〈샤먼의 춤〉,
거제스토리텔링협회 편집위원

노랫소리 끊기는 섬마을 학교

요즘 학교에서 교가를 부르는 일이 점점 줄어들고 있다는 이야기를 들을 때마다, 가슴 한구석이 서늘해지는 것을 느낀다.

마치 오래된 우물이 마르듯, 혹은 섬을 감싸던 안개가 걷히고 난 뒤의 텅 빈 풍경처럼. 학생들은 모교의 교가를 모른 채 졸업하고, 그 노래가 담고 있던 시간과 공간의 기억 역시 아득히 잊혀 간다. 안타깝다는 말로는 다 담을 수 없는, 어떤 상실감. 교가란 단순히 멜로디와 가사의 조합이 아니라, 그 학교가 서 있던 땅의 숨결, 배움을 향한 첫 발자국의 떨림, 그리고 한 시대의 꿈이 응축된 작은 역사서이기 때문이다. 노래가 멈춘 자리에는, 침묵만이 남는다.

거제의 숨결과 지도를 숨긴 거제의 교가

거제는 섬이다. 그 섬 위에 학교들이 하나 둘 터를 잡기 시작했다. 대한제국 광무 11년, 1907년 거제초등학교의 교사가 처음 세워졌을 때, 거제섬 사람들은 어떤 마음이었을까.

희미한 촛불처럼, 근대 교육이라는 새로운 빛을 이 섬에 심으려는 간절함. 그 이후로 수많은 배움터가 생겨났고, 학교마다 '교가'라가 만들어졌다.

교가는 거제의 지도를 숨기고 있었다. 그 노래의 노랫말을 가만히 들여다보면, 학교가 서 있는 대지의 기슭이, 바람의 방향이, 섬을 둘러싼 물의 빛깔이 스며 나와 번진다.

계룡산, 노자산, 산방산, 선자산, 국사봉, 대금산, 앵산. 이 거대한 등뼈들, 산들의 굳건한 이름이 교가 속에서 나지막이 불린다.

아이들은 이 산의 이름을 외우면서, 자신이 서 있는 땅의 높이와 깊이를 자연스럽게 체득했을 것이다. 교실 밖으로 눈을 돌리면 고현만, 옥포만, 진해만, 죽림만의 물결이 반짝였을 테고, 남해와 한려수도의 푸른 장막이 섬을 감싸고 있었을 터이다.

교가는 단순한 학교 소개를 넘어, 이 섬의 지리적 정체성을 아이들의 목소리에 새겨 넣는 은밀한 주술과 같았다.

그리고 그 노래 속에는 섬의 정신이 숨 쉬고 있었다. '충무공', '이순신'의 굳건한 이름은 바다를 지킨 영웅의 기백을 일깨웠고, '빛', '영광', '무궁화', '한 겨레', '조국', '인재'와 같은 단어들은 학교의 기풍과 건학정신을, 미래를 향한 소망을 담고 있었다. 교가를 부르는 행위는 곧 그 섬의 역사를, 그리고 섬이 지켜온 가치를 목청껏 선언하는 의식이었으리라.

무원 김기호

남운 원신상

청마 유치환

섬의 언어를 엮은 시인들의 발자국

이 노래들을 누가 지었을까. 자료는 조용히 시인들의 이름을 불러낸다. 무원 김기호, 남운 원신상, 그리고 청마 유치환. 그들은 섬의 언어로 노래를 엮은 사람들이었다.

시조 시인으로 거제 문학의 선구자 역할을 했던 무원 김기호 선생은 '거제의 노래'를 지었을 뿐 아니라, 기성초, 삼룡초, 하청중, 경남산업고 등 여러 학교의 교가를 통해 교육계에 깊은 족적을 남겼다. 그의 시조처럼, 섬의 단단한 결이 노래 속에 배어있다.

사등면 출신으로 41년간 초등학교 교사로 봉직했던 남운 원신상 시인은 고현초, 신현초, 양지초, 중곡초의 교가를 만들었다.

그는 평생을 거제의 아이들과 함께하며 섬의 흙먼지를 밟았을 것이다. 그의 시집 '섬'처럼, 그의 교가들은 섬의 깊은 속내와 교사의 따뜻한 시선이 교차하는 지점에서 태어났을 터이다.

교육자이자 문학인으로 헌신한 그의 노래는 아이들의 순수한 목소리에 섞여 섬 전체를 감싸는 낮은 웅얼거림이 되었을 것이다.

그리고 청마 유치환. 한국 근대문학사의 거목, 그가 이 섬 둔덕면 방하리에서 태어났다는 사실은, 거제라는 공간이 지닌 묵직한 서정을 다시금 생각하게 한다.

그는 일운초, 옛 둔덕초, 둔덕중의 교가를 지었다. "사랑하는 것은/사랑을 받느니보다 행복하나니라" 그의 시 '행복'처럼, 그의 교가는 섬의 아이들에게 어떤 굳건한 사랑의 언어를 가르쳤을 것이다.

너 육지의 여러 학교에까지 퍼져나갔다.

노랫말이 섬의 시인들에 의해 탄생했다면, 곡은 당시 한국을 대표하던 음악가와 아동문학가들의 손을 거쳤다.

가곡 '그네'의 금수현 작곡가는 동부초, 일운초, 장승포초, 거제초 등의 교가를 작곡하며 섬의 노래에 웅장하고 아름다운 선율을 입혔다.

그리고 동요계의 불멸의 전설, 윤석중 시인. '퐁당퐁당', '졸업식 노래'를 만든 그의 순수한 동심은 거제초, 대우초, 거제중 및 거제고, 거제대학교 교가의 노랫말을 통해 이 섬의 아이들에게 영원한 동심을 선물했다. 시인의 언어와 작곡가의 선율이 만나, 섬의 학교들은 비로소 목소리를 갖게 된 것이다.

섬 노래 다시 불러보자

섬마을 학교의 역사와 정체성을 담은 목소리가 점점 희미해지고 있다. 학교의 크고 작은 행사에 교가를 부르는 일 자체가 희미해진 탓이다.

교가를 잊는다는 것은, 그 노래 속에 아로새겨진 섬의 역사와 시인들의 따뜻한 헌신, 그리고 그 학교를 거쳐 간 수많은 졸업생들의 추억을 통째로 잃어버린다는 의미와 같다.

우리가 잊지 말아야 할 것은 교가는 학교의 울타리를 넘어, 거제라는 지역의 정체성을 응축하고 있는 문화유산이라는 것이다.

이제 침묵을 깨고, 노래를 다시 불러야 할 때다. 모교의 역사와 지역의 정체성이 살아 숨쉬는 교가를 다시금 목청껏 불러야 한다. 노랫말 속에 숨어 있는 계룡산의 높이를 다시 확인하고, 옥포만의 푸른 빛을 기억해야 하지 않을까.

이 침묵을 깨는 가장 아름다운 방식은 무엇일까. 나는 상상한다. 거제지역 학교 교가 부르기 합창대회. 왁자지껄한 강당에 거제 지역의 모든 학교 학생들이 모여, 각자의 모교 교가를 부르는 풍경이 눈앞에 아른거린다.

청마·무원·남운의 노래가 섬의 굳건한 기상을 노래하는 순간. 그 합창은 단순히 노래가 아니라, 거제라는 하나의 공동체가 시인들과 교육자들의 목소리를 빌려 자신의 역사와 정체성을 선언하는 웅장한 서사시가 될 것이다.

섬의 노래는 멈추지 않아야 한다. 그것은 섬의 피처럼, 기억의 강물처럼, 계속 흘러야 한다. 그리하여 섬, 노래가 멈춘 곳이 아니라, 영원히 노래가 시작되는 곳이 될 수 있도록.

최대윤

둔덕면 출생. 경남대 국어국문학과 졸업, 경상대학교 사학과 석사. 고운 최치원문학상 신인상(시), 저서 〈성곽박물관 거제〉 〈교과서에 없는 거제역사 이바구〉 〈mz세대를 위한 인생샷 촬영 가이드북 거제 핫플요 어떼?〉 전 〈거제신문〉 취재부장

거제수협 성포 위판장에서

금목서의 짙은 향기가 코끝을 맴돌고, 노랑색과 붉은색으로 단장된 가을길을 걷다보면 문득 한 해도 끝을 향해 가고 있다는 생각이 밀려온다. 별안간 저녁노을이 보고 싶다는 생각에 노을로 꽤나 이름이 알려진 거제 성포 바닷가로 무조건 차를 몰았다.

일몰을 바라볼 수 있는 남해안 바닷가는 언제 달려와도 실망하는 일은 없기에 바닷가의 한적한 커피숍에 앉아 이런저런 상념에 젖어보는 호사도 누려볼 겸 해서 조금 일찍 나왔다. 젊었을 때 읽어 본 헤밍웨이의 '노인과 바다'라는 소설의 한 장면을 언뜻 떠올리며, 바닷가라는 공간에 대한 나름대로의 낭만을 그려보기도 했다. 이곳 성포에는 '온 더 선셋'이라는 2층 카페가 있고, 밖에서도 안을 볼 수 있도록 유리로 벽을 만들었다.

가끔 차를 타고 지나가면서 유리창으로 보이는 저 사람들처럼

이 카페에 들러 한 번 쯤은 호젓하게 앉아서 차를 마셔봐야겠다는 생각을 하지 않은 것도 아니라서 망설임 없이 그곳으로 향했다. 하얀색 벽체와 길과 반대편으로 나있는 창문은 바다로 향하고 있다. 짙은 커피냄새와 달콤한 빵의 향기가 입구에 들어서자마자 후각을 자극한다. 커피를 시키고 2층으로 향했다. 더 넓은 바다를 보려면 좀 더 높은 곳이 좋기 때문이다.

이곳의 앞바다는 해질 무렵 노을과 노을이 있기 전의 윤슬로도 유명하다. 겨울에 차를 몰고 성포고개를 넘다보면 지는 해가 얼마나 크게 보이는지 그 크기와 주위를 붉게 물들여 놓은 하늘에 압도되어 숨이 막힐 지경인 곳이다.

　그런데 기대와는 달리 아직 해는 기울지 않았고, 주위가 너무 소란하다. 손님이 오늘도 많다. 책을 읽거나 조용한 사색과는 거리가 있는 것 같아 커피를 들고 밖으로 나왔다. 그리고 성포 마을 쪽으로 향했다. 등대 주변에는 낚시를 하는 사람들이 있고, 등대와 가조도와 연결된 붉은 연육교는 바다의 푸른 빛과 어울려 아름답다. 꼭 예술가들이 만든 작품같다는 생각을 하면서 작은 고깃배들이 정박해 있는 바다를 따라 걸었다. 포구 자체가 아담하고 아름다운 곳인데 가끔 배들이 물길을 가르면서 지나가는데 그 때문에 생긴 파도가 내 앞으로 다가올 때는 고요한 바다가 갑자기 살아 꿈틀거리는 것처럼 역동적이게 보인다.

　한 무더기의 사람들이 웅성거린다. 사람뿐만 아니라 물을 실은 트럭도 빽빽히 서 있다. 호기심에 발길이 그곳으로 향한다. 성포 위판장이다. 보통 생선의 위판은 아침에 하는데 지금은 오후 2시가 넘었다. 그런데 이렇게 사람과 차들이 모인다니… 나중에 안 일이지만 거제도에서는 이곳만 오후 2시부터 경매가 시작된다고 한다. 그러니 아침에 조업을 해서 이곳에서 오후 2시까지 기다리다가 경매에 참여하는 어부들과, 그 때를 맞춰 생선을 사기 위해 오는 상인들로 이곳이 북적인단다.

　살아서 금방이라도 튀어 나갈 것 같은 싱싱한 볼락, 농어, 가자미, 용치놀래기, 감성돔 등 다양한 어종이 어부들의 배에서 건져 올린 순서대로 가구에 담아 마치 컨베이어 벨트를 따라 도는 상품처럼 줄을 지어 어디론가로 향한다. 'ㄹ'자 모양의 물길을 몇 번 돈 다음 최종적으로는 경매사 앞에서 멈추고, 경매사는 알아듣기 힘

든 소리로 뭔가를 외친다. 그를 바라보는 수 많은 눈빛과 묘한 손
동작으로 가격을 정하는 모양이다. 그리고는 순식간에 상자에 든
물고기는 주인을 만나 팔려나간다. 팔린 물고기는 대기하고 있던
물차에 옮겨지고, 활어(活魚)의 형태로 식당이나 다른 소매시장을
향해 가는 모양이다.

웅성거림과 기괴한 고함과 손놀림, 살아있는 생선들의 팔딱거
림과 생선을 상자에 담아 물 위에 띄우는 아낙들의 분주함이 생동
감이 넘친다. 이곳에서 생선을 골라 살 수 있느냐고 제법 오랫동
안 이곳에서 일을 했음직한 아주머니에게 물었다. 경매가 끝나면
살 수 있단다. 경매받은 생선을 조금 돈을 더 주고 사는 모양이다.

그래도 시장가격보다는 싸단다.

이곳에서 늘 경매를 하는 것을 보고 있다는 한 분이 내게 와서 "금, 토, 일요일은 조금 비싸요. 화요일이나 수요일에 오면 생선 사러 오는 사람이 많지 않아서 더 싼값에 살 수 있어요."라고 귀뜸해준다. 위판장의 많은 물고기가 짧은 시간에 다 팔려 나가고 차들도 떠났다. 위판장은 언제 그랬느냐는 듯이 조용해진다. 남아서 위판장을 청소하는 몇 분과 위판으로 생긴 돈을 쥔 어부들이 소주 몇 병을 들고 남겨놓은 생선으로 회를 만들어 배로 올라간다. 아마 일과가 끝난 모양이다.

내가 가끔 삶에 지칠 때 나는 새벽시장을 둘러 볼 때가 있었다.

그 추운 겨울에도 이른 새벽에 나와 깡통에 불을 피우고 손을 쬐며 어부들이 밤중에 잡아온 생선을 사서 정리하고 이른 아침부터 밤늦게까지 시장을 찾아온 손님들에게 팔기 위해 도대체 잠도 안 자고 사는 것 같은 모습을 보면서 마음을 다잡곤 했던 적이 있다. 한 낮의 위판장은 그런 모습과는 조금은 달라도 살아있는 싱싱한 물고기를 볼 수 있고, 생동감과 주변의 어촌 경치를 볼 수 있어서 또 다른 감흥을 선물한다.

　이제 곧 기다리던 저녁노을을 볼 수 있을 것이다. 지는 해(태양)가 선물하는 아름다움과 또 다른 지는 해(年)가 주는 아쉬운 미련들이 내 인생의 후반기를 채우고 있다.

황수원

〈한국수필〉로 등단, 거제문화재단 이사장, 거제박물관장. 국가등록정
원 옥동힐링가든 대표, 남해안관광신문 대표

황칠나무를 발견하던 날

거제 해금강은 내가 거제군 공보실에 근무할 때 명승 2호 (1971.3.23)로 지정됐다. 그때만 해도 교통이 어렵고 이곳까지 도로가 되어 있지 않아서 문화재로 지정하기 위해 구조라에서 통통배를 타고 다녔다.

처음 보는 해금강은 돌섬으로 되어 있는데, 섬 서쪽 편과 정상에는 아열대 식물과 춘란 풍란 등 희귀식물이 자라고 있다. 문화재로 지정된 후부터는 일반인 출입이 통제되었다.

그 후 해금강에 자생하고 있는 식물을 조사하기 위해, 문화재 관리국으로부터 출입승인을 받아, 답사에 나섰다. 봄 날씨는 화창해도 바닷가 돌섬의 바람은 차가웠다.

문화재 전문위원인 김삼식 경상대 교수와 같이 가기로 했다. 김 교수와 우리 집에서 하룻밤 자고, 집사람이 만들어 준 초밥과 따

끈한 설록차를 준비하여 답사에 나섰다.

해금강에서 어선을 빌려 타고 섬에 도착하여 돌벼랑을 타고 오르기 시작 했다. 보기는 그리 높지 않은 가파른 돌벼랑을, 타고 오른. 힘이 들고 어려움이 많았다. 자칫 잘못하다가 발을 헛디디거나, 손을 놓으면, 돌벼랑에 굴러서 바다에 떨어지는 위험 한 곳이다. 악을 쓰면서 기어올랐다.

바닷가 쌀쌀한 봄바람이 차가웠다. 아슬아슬한 곡예를 하면서, 온힘을 다해서 섬에 올랐다. 동백꽃이 피어 있고, 춘란이 꽃향기를 피운다. 흰 동백꽃은 선녀처럼 아름다웠다.

산 정상을 얼마 남겨 놓지 않고, 앞서가던 김 교수가 매끈하게 생긴 나무를 끓어 안고, "아~, 하면서 탄성을 지른다." 무슨 사고

황칠나무를 발견하던 날, 필자

가 났는가 하고 "왜 그러십니까?" 하고 물었다.

"이 나무가 황칠(黃漆) 나무입니다. 이 귀한 나무가 이 섬에 자라고 있다니 뜻밖입니다. 오늘 답사는 큰 소득을 올렸습니다. 너무 좋습니다." 하면서 입을 다물지 못하고 감개무량한 표정이다.

말만 들었던 황칠나무를 처음 보는 순간, 나도 그 나무를 끓어 않았다. '이런 나무가 어떻게 이곳 바위틈에 자생하고 있을까? 하는 생각을 하면서 나무를 어루만진다.

이렇게 귀한 나무가 이 섬에 있는 줄을 왜 몰랐을까?' 돌섬에 이런 나무가 있을 줄은 생각도 못했다. 감탄사가 절로 나왔다.

황칠나무는 매끈한 흰 몸뚱이에 손바닥만 한 푸른 잎이 어긋지게 나 있고, 잎은 반질반질하다. 섬의 8부 능선에 군락을 이루고 있는데 수령이 꽤나 오래된 것이라 한다.

황칠나무는 두릅나무과에 속하는 상록활엽교목(常綠闊葉喬木)으로, 키는 6~7m 정도고, 줄기는 반더러하다. 잎은 3갈래 내지 5갈래로 깊이 째져 있다. 꽃은 산현(散見)으로 여름에 피고 핵과(核果)는 10월이 되면 많게 여문다. 수액이 황색이기 때문에 황칠나무라 한다.

이 나무의 수액을 채취하여 도료용으로 사용하는데, 옻칠 도료는 최고품으로 어떤 조건에서도 방부(防腐)가 잘되고 변색이 되지 않아 귀중하게 사용된다.

그보다 더 좋은 것은 약용으로 사용한다. 약성은 따뜻하고, 신맛이 나며, 독이 있다. 살균의 효능이 있고, 어혈(瘀血)과 모든 병에 약으로 사용한다.

예전에는 칠 중에서도 가장 귀한 칠로, 임금님의 소장품을 비롯하여 귀한 물건에 이 수액으로 칠하여 황금색을 나타내었다. 황금색칠이라 하여 황칠나무라 한다. 이 칠은 귀해서 서민들은 사용하지 못했다. 우리나라와 중국 일본 등지에서 자생하는 휘귀식물로, 제주도와 전남의 단도와, 대흑산도 어청도와 경남의 해안 지역에 일부 분포하고 있다. 경남 지역에서 이 섬에 대량 분포하고 있다는 것은, 새로운 발견이다.

해금강에 이렇게 귀한 황칠나무가 자생하고 있다는 것은 놀라운 일이다. 귀한 황칠나무에 매료되어 시간 가는 줄도 몰랐다. 집사람이 만들어 준 초밥과 따뜻한 녹차로 점심을 때웠다. 그 맛은 일미였다.

해금강과의 인연은, 명승 2호로 지정할 때부터, 관광지로 알려지면서 자주 오게 되었다.

진시황이 불로초를 캐러 보낸, 서불(徐市) 보다 나는 더 많은 사연을 간직하고 있는지도 모른다. 해금강을 볼 때마다 명승 2호 문화재로 지정하기 위해 자료 조사를 하러 다니던 그 어려웠던 때와 해금강에 대한 지명을 만들어 관광지로 홍보하던 그 시절과 황칠나무를 발견하던 그날이 추억으로 떠오른다.

가파른 돌섬을 타고 오르면서 땀을 흘리고, 찬바람을 쏘여 감기가 들었던 적도 있다. 그로 인해 나는 그 감기로 인해서 한 달이 넘도록 고생했다.

황칠나무를 발견한 큰 기쁨과 감기를 선물 받아 고생을 했지만, 귀중한 나무를 발견하여 자료로 남기게 되어 아픔이 오래갔지만,

그 추억은 찰싹이는 파도처럼 아직도 남아있다.

그 귀한 황칠나무가 요즘 와서는 불치병에 효험이 있는 약재로 많이 사용한다고 한다.

이승철

〈수필문학〉 수필, 〈한국시〉 시, 〈한맥문화〉 소설 등단. 효당문학상, 경남도문화상, 거제예술인상, 거제시민상 등 다수 수상. 경남수필문학회장, 거제수필문학회장, 거제박물관명예관장. 국가기록물조사위원, 국사편찬사료조사위원 역임, 저서 〈마음을 바꾸면 세상이 달라진다〉 외 다수, 논문 〈변진독로국교찰〉 등 다수

그새 강산이 4번 바뀌었다

어린 시절의 나에게 거제도는 꿈의 섬이었고 파라다이스였다.

여름방학이 가까워지면 죽이 맞는 친구들과 거제도 바닷가 여행 계획을 세우며 행복했다. 당시 고등학생이나 대학생들의 여름 여행은 기어코 해소하지 않으면 견딜 수 없는 갈증이나 식욕과 같았다. 천지 분간도 못하고 새끼 원숭이처럼 까불던 우리에게는 거제도까지의 멀고 피곤했던 여정은 아무 문제가 되지 않았다.

통영의 원문 고개에서 으레 검문당하고 비포장도로를 따라 성포를 거쳐 옥수동에 도착하면 파김치가 되었지만 용감하게 또 시내버스를 타고 와현이나 구조라로 갔다. 꼬박 하루가 걸리던 여정이었다.

선크림이 없던 시절이었으니, 며칠 동안 햇볕에 타서 얼굴이 화끈거렸지만, 홍시처럼 벌겋던 얼굴을 하고 다녀야 친구나 동기간

1980년대 성포항에 기착한 복운호

에 제대로 체면이 서던 시절이었다.

너나 할 것 없이 가난했던 우리는 여행 경비를 마련하는 일이 숙제였다. 그때는 지금처럼 아르바이트 같은 단기간 일을 할 수 있는 곳이 없었다. 대학 2학년 겨울방학 때는 여름 여행을 준비하기 위해 아파트 건설 현장에서 열흘 동안 막노동을 한 적도 있었다.

당시의 진주시는 아파트 붐이 시작한 때라서 건설 현장이 널려 있었다. 날이 밝기도 전에 시내버스를 타고 건설 현장에 도착하면 왜 그리도 발이 시렸던지. 일을 시작한 지 한 시간 정도 지나면서 비로소 몸이 데워지기 전까지의 발 시림은 지금도 가끔 생각난다.

특히 아내가 선거 기간 동안 출근 인사를 하기 위해 깜깜한 도로에 서 있을 때, 출근 버스를 타기 위해 줄 서 있는 노동자들을 볼

1978년 학동 해변가 모습

때마다 그때의 발 시림이 생각나서 저절로 신발을 내려보게 된다. 다행스럽게 튼튼하게 생긴 안전화를 신고 있어서 덜 시려 보였다.

가족을 건사하고 자신의 꿈을 실현하기 위해서 새벽의 길 위에 서 있는 노동자들을 보며, 철딱서니 없던 나는 고작 여행비를 벌기 위해 새벽차를 탔다는 기억이 떠올라서 부끄러웠다.

거제도는 나에게 운명처럼 다가왔다.

지금은 경남교육청이 창원에 있지만 80년대 초에는 부산에 있었다. 발령 통지서를 받으러 오라는 연락을 받고 먼 길을 갔더니 장학사가 일일이 봉투를 나눠줬다. 지금처럼 공적인 공간에 일괄 공개하는 것이 아니라 초임 발령지가 적힌 종이 인사발령장을 호명하면서 나눠줬다. 자신의 봉투를 받은 신규교사들은 궁금해서

1980년 해금강 고기잡이배의 입항 모습

받는 즉시 펼쳐봤다.

내 봉투에는 '거제군'(현 거제시)이라고 적혀 있었다. 옆에 있던 동기가 "아이고, 벽지네, 우짜노"라며 위로했지만 나는 가슴이 뛸 정도로 좋았다.

와현이니 구조라니 학동이니 하는 거제도의 해수욕장 근처로 보내주니 얼마나 기뻤겠는가.

그후 지금까지 거제 땅은 나와 궁합이라도 맞는지 편안하고 아늑했다. 그렇게 나의 총각 선생 시절은 꿈의 섬인 거제에서 시작되었다. 면 소재지의 모 중학교에 발령받았는데 시골 중학교이지만 교실마다 아이들이 꽉 차 있었다.

거제도의 사회구조를 잘 모르던 나는 처음에는 의아했지만, 곧

거제성포의 야경

깨달았다. 집마다 외양간이나 창고를 개조해서 세를 놨는데 빈방이 없었다. 밤이면 음식점이나 술집마다 작업복 차림의 조선 노동자들로 홍청거렸고 그 분위기는 밤 늦도록 계속되었다.

나 같은 공무원은 어디 가서 명함도 못 내밀 정도로 노동자들의 벌이와 쓰임새는 대단했다. 조선소에서 관리직으로 근무하던 고교 동기들의 월급은 내 공무원 박봉의 거의 2~3배에 가까웠다. 그때가 거제시의 황금기였다.

그 후 그들은 나보다 빨리 퇴직한 후 거제를 떠났으며 그때 교류하던 앳된 노동자들도 이젠 퇴직하여 노동에 지친 육신을 달래며 노후를 보내고 있다.

다시 조선업의 호황기가 왔다고 하니 최근에 발령받은 초임 교사들도 훗날 나처럼 아련하고 아름다운 추억을 가지길 바란다.

나는 이 땅에서 아내를 만나 결혼했고 두 딸을 어른으로 키웠으며 마지막에는 대과 없이 정년퇴직까지 했으니 나는 운명에 순응하며 그런대로 잘 셈이다.

거제도는 내 아내가 태어나서 자란 곳이고 내가 평생을 보낸 곳이며 우리 아이들의 고향이다.

이승열
경상대학교 체육교육학과, 경남대학교 교육대학원 상담심리 전공, 옥포고 교장, 거제교육장 역임

거제 능포봉수대

능포봉수대는 예전에 한 차례 다녀온 뒤에 다시 가고 싶은 곳이었다. 언제갈까 망설이던 중에 길 위의 인문학 특강을 들으며 걷는 동아리 〈섬길 걷는 사람들〉과 함께 다녀왔다.

이때도 실은 출발전에 갈까 말까 망설였다. 해발 178.3m 높은 산 위에 있다는 말에 덜컥 겁이 났었다. 나는 오랫동안 등산을 못하고 있었다. 10여 년을 산에 미쳐 날다람쥐처럼 지리산, 백두산까지 오르내리던 때도 있었지만 어느 날 갑자기 무릎이 퉁퉁 붓고 아파서 병원을 찾았더니 의사선생님께서 무릎에 물이 찼다며 주사기로 물을 빼주셨다. 무리하게 쏘다녀서 그렇다며 이런 일로 다시 병원을 찾게 되면 못 걸을 수도 있다고 겁을 주기도 했다.

그때부터 계룡산, 노자산, 가라산은 마음으로만 오르고 직접 걷는 일은 평지에서 천천히 하고 있다.

나는 몇 년째 거제도 해안선을 따라 걸어서 돌고 있다. 반복되는 들쭉날쭉한 바닷가 풍경과 파도가 달려와서 기슭을 키우는 모습을 촬영하고 텍스트로 기록하는 유튜버로 활동 중이다. 내가 태어나고 자란 고향 거제도의 아직 알려지지 않은 역사, 지리, 문학, 음악, 예술 등을 빠뜨리지 않고 찾아내서 기록하려 애쓰고 있다. 참으로 못 말리는 열정이고 확장의 통섭이다.

이번에는 봉수대다.

몇 년 전 거제시 사등면 성내리 백암산 정상 부근에 있는 도우넛 모양을 한 백암산봉수대를 찾아 유튜브로 소개한 적이 있다. 이 봉수대는 2019년 3월 성내마을 거제대로북스 서점 이철민 대표가 친구들과 산에 올랐다가 우연히 발견하여 거제시에 공식조사를 의뢰하면서 세상에 알려졌다.

이 봉수대는 문헌 등 기록에는 없지만 근처에 있는 사등성의 중개축년도와 비슷한 조선전기 세종조에 축조되어 짧은 기간 사용된 것으로 추정하고 있다. 그런가 하면 서이말 등대 가는 길로 걷다가 옆길로 벗어나서 산길로 오르면 만날 수 있는 와현봉수대는 자연경관이 빼어나다. 무릎 아래 초록바다를 이룬 가는잎 그늘사초가 뽐내는 초록빛과 동서남북 어디를 둘러봐도 막힘이 없는 탁 트인 풍경에 넋을 잃을 지경이다. 맑은 날 대마도를 가장 가까이서 볼 수 있는 와현봉수대다.

대마도와 대한해협의 수비대장 : 능포봉수대

능포봉수대는 능포아파트 뒷산에 있는 봉수대로 임진왜란 때에
는 옥포 조라진의 별망지(別望地)로 대마도와 대한해협을 한눈에
볼 수 있어 왜구의 침입과 해안경비 등 변방의 상황을 감시하는
중요한 역할을 했다. 강망산봉수대와 옥녀봉봉수대와 함께 직봉
(直烽)은 아니지만 간봉(間烽)봉수대로서 역할한 것이다.

봉수제(烽燧制)는 통신제도의 하나로 불과 연기를 사용하는 신
호체계로 변방의 군사상황을 중앙과 주변지역에 신속히 알림으로
써 위급한 상황에 대비하려는 목적에서 만들어진 제도다. 봉수제
는 고대 중국과 일본에서도 행해졌다. 우리나라에서는 삼국시대
부터 있었던 것으로 추정하고 있다. 봉수대란 불과 연기를 이용하
여 위급한소식을 전하던 옛날의 통신수단이다. 높은 산에 위치한
봉수대에서 불을 피워 낮에는 연기를 밤에는 불빛을 보냈다. 날씨
가 흐리거나 비가 내리면 봉수군(군인)이 다음 봉수대까지 직접 달
려가서 상황을 알렸다. 능포봉수대와 가까운 옥녀봉 봉수대까지
거리는 3.1km이다. 열악한 환경에서도 목멱산(지금의 남산)까지
12시간 내에 도착해야 했다.

봉수군의 고단함은 말로 설명이 불가능할 정도였다.

불을 피울 연료까지 직접 준비해야 했다. 연료로는 마른 쑥과 쇠
똥, 말똥을 사용했다. 다행인 것은 봉수군들이 식사하고 잠잘 수
있는 봉수가옥이 봉수대 부근에 설치됐다는 것이다. 불을 지피는
아궁이가 있는 부엌(정주간)과 방과 창고와 물과 장독대가 있었다.

조선시대 봉수제는 고려의 제도를 이어받아 세종때는 신호체계
를 5舉火制(거화제)로 확립하여 시행했다. 평상시는 5거중 1거, 적

이 나타나면 5거중 2거, 적이 국경에 접근하면 5거중 3거, 적이 국경을 침범하면 5거중 4거, 적군과 접전하면 5거중 5거의 봉화/봉수를 올렸다. 전국의 다섯 개 봉수路(로) 신호집결지는 목멱산(木覓山현 남산)이었다.

19세기 말 고종 32년 (1895년)현대의 통신제도인 전화가 생기면서 봉수제는 사라졌다.

세 번째 만나는 거제능포봉수대

해질녘, 능포봉수대를 향해 헉헉대며 오르는 산길, 발아래로 하얗게 흩어져 내리는 때죽나무 꽃잎과 찔레꽃이 지천으로 피어나서 우리민족의 뿌리깊은 정서인 한을 담아 꺾어질 듯 노래하는 장사익이 하얀 두루마기를 입고 봉수대로 안내하는 것 같았다. 누리장나무도 굴피나무도 예덕나무도 더워서 죽부인이 필요한 시간.

봉수를 연구하는 전문가에 의하면 거제능포봉수대는 다른 곳의 봉수대와는 달리 특별해 보인다는 설명이다. 아직은 더 연구해봐야겠지만 봉수대 역할 외에 군사적으로 또 다른 중요한 역할을 했을 것으로 보여 진다는 것이다.

기대해 볼 일이다. 사천 각산봉수대를 둘러보면 '봉수대 가옥'을 지어 봉수군 체험 등으로 관광객을 불러 모으고 있다. 능포봉수대 근처의 능포항과 전국 최대 팽나무 군락지가 있는 양지암과 연계하면 이보다 더 좋은 관광지는 없을 것이다.

칠월이 떠나기 전 능포봉수대를 다시 찾아가서 머리 긁적이며 타원형 봉수대 위를 몇 바퀴 돌아봐야겠다. 변방의 홍일점 여자봉수군이 되어.

옥명숙
연초면 출생, 다음 블로그(2009-2010)우수블로그 선정, 유튜브 운영 〈이바구아지매옥명숙〉, 경남작가회 〈야간 근무〉외 1편으로 등단. 거제유튜브협회 회장, 시집 〈거제대로북스 가는 길〉 외

매화연적, 그 섬에 머물다
:돕고도 도운 가조도

행정안전부에 따르면, 우리나라에는 모두 4,201개의 섬이 있다. 그러나 국토교통부의 집계는 다르다. 국토부는 3,358개의 섬을 공식적 개수로 삼는다. 이런 상황에서도 두 부처가 일치하는 건, 유인도의 수가 482개라는 사실이다.

남한의 섬은 4,201개

섬이란 사방이 물로 둘러싸인 작은 육지를 뜻하지만, 그 '작음'과 '분리됨'의 기준은 시대와 행정, 그리고 감각에 따라 달라진다. 그렇게 우리의 섬은 삼천, 혹은 사천, 혹은 그보다 더 많은 수로 존재한다. 북한의 섬은 1,045개로 파악되나, 그 숫자는 정식화되지 못한다. 그만큼 우리는 북한을 알지 못하고 있다.

섬은 언제나 고립과 은밀의 경계에 있다.

그 수많은 섬들 중, 나는 한 섬을 오래도록 바라보며 찾아가고 있다. 이 섬은 본섬인 거제도와 연결되어 있지만, 실은 따로 숨 쉬고 따로 살아가는 또 하나의 세계다. 섬 가조도가 그렇게 그곳에 있다.

거제는 섬이다

거제의 섬은 모두 73개로 이들 중 10곳은 유인도다. 이 유인도를 면적순으로 살펴보면, 하청면의 칠천도, 사등면 가조도, 거제면 산달도, 둔덕면 화도, 장목면 이수도, 일운면 지심도와 내도, 하청면 황덕도, 사등면 고개도 및 계도다. 계도는 현재 사람이 거주하지 않아 사실상 무인도다. 이에 일운면 외도를 유인도로 취급하며 관리하는 현실이다.

한편, 거제 지역에는 '망산'이라는 이름을 지닌 산이 네 곳, '옥녀봉'도 네 곳이나 존재한다. 또한 '국사봉'이라는 이름을 가진 산도 두 곳이 있다. 이처럼 동일한 이름의 산이 중첩되어 있다는 사실은, 그만큼 이 지역에 산이 많다는 점을 방증한다.

이는 거제에 국한된 현상이 아니라 전국적으로 나타나는 경향으로, 산림청에 등록된 총 4,440개의 산 중에서는 '매봉' 또는 '매봉산'이라는 명칭이 가장 많이 쓰이며, 그 뒤를 '국사봉(국사산)',

'봉화산', '옥녀봉', '시루봉(시루산)', '남산' 등이 잇는다.

거제의 '망산'은, 먼저 남부면 망산으로 '거제 11대 명산'에 포함되어 있으며, 이 외에도 장승포동 망산, 일운면 예구 망산, 사등면 성포 망산이 있다. 또 '옥녀봉'의 경우, 아주동 옥녀봉은 역시 11대 명산 가운데 하나며, 그 외에 칠천도 옥녀봉, 가조도 옥녀봉, 둔덕면 옥녀봉이 있다.

'국사봉'의 경우는 옥포 국사봉(11대 명산 포함)과 연초면 국사봉, 두 곳이 확인된다.

한편, '망산'은 동일한 명칭 외에도 유사한 어원을 가진 여러 변형 지명을 통해 그 존재를 드러내고 있는데, '남망산', '망봉산', '망월산' 등이 그러하다. 이곳이 섬인 까닭이다.

거제엔 옥녀봉이 4곳에 있다

가조도는 소리 내어 말할 때면, 가늘고 낮은 바람이 지나간다. 그러면서 바람결이 한 음절씩 선명하게 들어 올리며, '가'는 무언가를 더한다는 말이 되고, '조'는 돕고자 하는 마음이 된다. 더하고, 보태고, 거들고, 돕고, 살피며, 그렇게 살아가는 섬. 이가 가조도다.

거제의 가조도는 넓은 유인도 중 하나로, 이름난 옥녀봉을 품고 있다.

어느 날, 나는 이 산에 올랐다. 이미 여러 차례 오르내린 산이었기에, 일상처럼 편안한 산행이었다. 그러나 산은 언제나 겉모습과는 다른 얼굴을 품고 있는 법이다. 산을 오르던 중, 절벽의 암반 틈, 빛이 잘 들지 않는 그늘진 곳에서 나는 '바위손'을 만났다. 이 양치식물은 부처의 마음과 손을 닮았다고 하여 '부처손'이라 불리며, 그 강인한 생명력 때문에 '만년초', '장생불사초', '만년송', '회양초'라는 이름도 함께 지녔다.

내가 가조도 옥녀봉에서 만난 이 부처손을 유독 오래 들여다보게 된 까닭은, 그것이 마치 돌을 뚫고 무엇인가를 간절히 갈구하듯 피어난 손바닥 같았기 때문이다.

어디에도 기대지 않으면서도, 분명한 생명의 형상으로 펼쳐진 그 잎사귀는 오랜 기다림 끝에 나를 맞이하는 인사처럼 다가왔다.

그 순간 나는 알았다. 산은 인간을 기억하지 않지만, 산의 식물은 기억의 형상을 품고 있다는 것을. 그 예의 바위손이 내가 여기 다시 왔음을 알고 있다는 듯 조용히 그리고 선량하게 흔들릴 무렵이었다.

가조도에는 선량한 기다림이 있다

다시 가조도의 산을 오르던 어느 날, 산허리를 돌아설 무렵, 나는 갑작스레 튀어나온 두 마리의 멧돼지와 마주쳤다. 놀란 것은 분명 나였지만, 그들 역시 나만큼 놀랐던 듯하다. 거칠고 가쁜 숨소리가 산등성이를 울렸고, 나는 반사적으로 몸을 숨길 나무를 주

이름난 옥녀봉을 품고 있는 넓은 섬, 가조도

변에서 찾고 있었다. 하지만 그들은 이미 거친 숲을 헤집으며 쏜 살같이 사라져갔다.

　두려움은 본능을 깨운다. 숨을 고르며 나는 문득 이곳이 본래 그들의 세계라는 사실을 떠올렸고, 침입자처럼 그 자리에 서 있는 나 자신이 부끄러워졌다.

　자연의 생명은 인간보다 먼저 이곳에 깃들어 터를 잡은 주인이다. 나는 그저 스쳐 지나가는 손님일 뿐. 이 단순한 사실이 다시금 심장의 진동을 높였다. 그 순간, 나는 스스로에게 묻지 않을 수 없었다. 자연과 인간 사이, 과연 누가 누구를 먼저 경계하는지. 산이 지켜온 그 오래된 침묵은 어디서 비롯된 것이며, 그 침묵 속에는 어떤 사연들이 숨어 있는 것인지.

　이런 생각들에 사로잡힌 채 나는 산의 정상에 올랐다. 그리고 잠시 후, 오래된 나의 기억이 머무는 북쪽 사면을 따라 천천히 내려서기 시작했다. 그 길 북쪽 사면에는, 예전부터 내게 특별한 의미로 남아 있는 큰 바위가 있기 때문이다.

가조도 옥녀봉 북쪽에는 큰 바위가 있다

다시 여러 해가 흘렀다.

　찬 바람이 며칠째 섬을 감싸고 있던 2월의 어느 날, 나는 다시 가조도를 찾았다. 발길은 더욱 익숙하게 길을 찾아 걷고 있었고, 나는 옥녀봉을 다시 오르며 산 곳곳에 스며든 겨울의 끝자락, 그

밀려나는 계절의 서정을 천천히 살폈다.

얼마쯤 걸었을까, 문득 '옥녀(옥처럼 맑고 귀한 여인)'라는 이름이 떠올랐고, 그 이름이 산의 모습과 묘하게 대비됨을 느꼈다.

바로 그 순간, 한 편의 이야기가 불현듯 되살아났다. 오래된 전설 하나가, 바람처럼 내 곁을 스쳤다.

가조도 옥녀봉 이야기

- 그 여인은 말이 없었다. 그러나 그녀의 침묵은 온 섬을 울렸다. -

아득한 옛날, 가조도에는 세상의 소리를 듣지 못하는 한 여인이 살고 있었다.

그녀는 말소리를 알지 못했고, 그래서 말하는 법도 배운 적이 없었다. 하지만 그녀는 눈빛으로 말을 걸었고, 표정으로 마음을 들었으며, 미소로 노래하고 손짓으로 별을 만들었다. 어깨의 동작으로는 달빛도 그렸다.

그녀의 조용한 존재는 마을 사람들 사이에 잔잔한 물결처럼 스며들었고, 이기심 없는 배려와 깊은 신뢰가 그녀를 따스히 감싸 안았다.

그러던 어느 날, 큰 섬과 가조도를 에워싼 바다에 폭풍이 몰아쳤다. 사방의 배들이 파도에 쫓겨 섬으로 숨어들었다. 그중에는 낯선 배 한 척이 있었다. 외국에 사절로 나섰던 젊은 선비와 그 일행이 타고 온, 커다란 배였다. 그들은 며칠 동안 섬에 머물며, 섬사람들의 순박한 정성과 온기를 온몸으로 체험했다. 마을은 이방인들을 품었고, 그들 또한 이 섬을 마음 깊이 받아들였다.

며칠 뒤, 날씨가 갤 기미가 보이자 젊은 선비는 산에 올라 먼바다의 기상을 살피려 했다. 그러던 중, 산길 어귀에서 그는 멧돼지 한 마리와 맞닥뜨렸다. 그 순간, 그의 몸과 마음은 얼어붙었다. 짐승의 숨소리와 눈빛이 그의 목숨을 위협하고 있었다.

바로 그때, 산을 울리는 듯한 기이한 소리가 퍼져 나왔다. 짐승의 울음과도 비슷했으나 어딘가 결이 달랐다. 이 소리에 놀란 멧돼지는 그 자리에서 도망쳤고, 선비는 겨우 목숨을 건질 수 있었다.

잠시 몸을 가다듬은 그는 예의 소리 주인을 찾고자 주위를 살폈다. 그러나…

마을로 돌아온 선비는 은인을 찾으려 마을 길을 나섰다. 그러나 마을 촌장조차 조심스럽게 고개를 저었다. 그 울림은, 실은 소리를 낼 수 없는 여인의 것이었기 때문이고, 그녀는 자신이 드러나는 것을 원하지 않았다. 그리하여 미리 촌장에게도 산에서의 사연을 전해 두었던 것이었다.

산속에서의 일에 대한 감사를 전할 길이 막히자, 선비는 품속에서 작은 연적 하나를 꺼내 촌장에게 건넸다. 매화가 섬세하게 새겨진, 조그마한 물방울 그릇. 옥빛의 연적이었다.

"훗날이라도 그분을 알게 되시면 이걸 전해 주십시오. 위기에서 구해준 보답으로 초라합니다만, 언젠가 반드시 다시 찾아뵙겠다는 말씀도 전해주십시오."

그 간절한 마음에, 촌장은 마침내 정중하게 허리를 끄덕였다. 그리고는 그녀의 존재를 조심스레 전하며, 사람들이 그녀를 '옥녀'라 부른다는 것도 덧붙여 일러주었다.

"지금은 옥녀가 사람을 피하니 어렵습니다만, 이를 전해주며 다음 기회에 들리실 땐 뵐 수 있도록 하겠습니다."

선비는 떠나기 전, 이 섬의 이름을 '가조도(加助島)'라 남기며, 화선지에 고급스런 필체로 적어 촌장에게 주었다. 도움에 도움을 보태준 섬, 그 마음을 잊지 않기 위함이었다. 그리고 멧돼지를 만나서도 누군가의 도움으로 구사일생한 산을 '옥녀봉'이라는 이름으로 남겼다.

선비 일행이 떠난 후, 여인은 연적을 촌장으로부터 건네받았다. 그리고는 매일같이 연적을 품에 안고 산엘 올랐다. 바다를 향해, 하늘을 향해, 말없이 기다린 세월, 하지만 큰 배는 돌아오지도 지나가지도 않았다. 세월은 흐르고 또 흘렀다.

그러던 어느 날, 다시 큰 폭풍우가 섬을 덮쳤다. 여인은 평소처럼 산에 올랐다. 거센 풍랑이 며칠 동안 섬을 흔들었고, 마을 곳곳엔 큰 피해가 발생했으며, 산도 곳곳이 허물어져 내렸다. 마을의 어선들 피해도 여러 척 생겼다. 몇년 간의 기록적인 거친 풍랑이었다. 섬은 언제나 비바람에 삼킨다.

하지만 붉은 꽃이 십 일을 못 채우듯이, 큰바람도 사나흘이면 물러난다. 그 바람이 컸던 날, 그날 이후, 그녀는 마을 어디에서도 보이지 않았다. 누구는 그녀가 바다로 들어갔다고 말했고, 누군가는 산속에서 바람을 타고 사라졌다고도 했다. 그런 소문이란, 사실은 아무도 모른다는 의미일 뿐, 여인의 행방을 알 수 없었다.

지금, 옥녀봉 북쪽 기슭에는 바위 하나가 굳건히 서 있다. 어딘지 애처로운 형상을 하고 있는 이 바위가 언제부터 있었던 것인지, 현재로는 아무도 아는 이가 없다. 그냥 큰바람에 드러났을 거라는 추측뿐이다. 나는 이를 처음 보던 순간, 여인의 모습을 겹쳐보았다. 그리고 그 흔한 이름, '망부석'이라는 음절이 목 안에서 감돌았으며, 이내 '옥녀'라는 이름으로 바뀌어 입안에서 오물거렸다.

기다림은 말보다 강한 증거로, 돌이 된다

나는 이날 다시, 옥녀의 바위를 넋을 놓고 바라보다가, 그 아래 조그만 바위 하나를 발견했다. 처음 보는 바위였다. 작은 그 바위는 나무 사이로 내려선 빛을 받아 한결 밝고 따뜻했으며, 결이 유난히 곱고 정다웠다.

그렇게 비껴드는 햇살과 잔잔한 음영 속에서, 문득 선비가 건넸다는 매화 연적이 떠올랐다. 마치 여인이 마지막까지 손에 쥐고 품에 안았다가 놓고 간 듯한, 매끄럽고 따스한 옥빛의 연적. 나는 이 바위에 조심스럽게 이름을 붙였다. 연적바위.

그리고는 조용히 바위 위에 손을 얹으며, 생각에 잠겼다. 한 사람의 기다림은 어디까지가 말이 되고, 어디부터가 소망이 되며, 그 유효함은 과연 언제까지인지.

옥녀봉 북쪽 기슭의 바위

사라진 약속은 어디에 새겨지며, 전할 수 없는 마음은 어떻게 이 세상에 남겨지는지.

나는 한동안 말없이, 옥녀의 바위와 연적의 바위를 번갈아 바라보았다. 마치 돌과도 말을 나눌 수 있다는 듯이. 그 고요한 교감 속에서, 나는 기다림의 윤리를 곱씹고 있었다. 그리고 그 모든 침묵 속에, 여전히 울리고 있는 한 사람의 사연이 맥박처럼 살아 있다는 것을 느꼈다.

얼마나 긴 시간이 흘렀을까.

그들의 세월이 모두 흐르고, 섬에는 다시 깊은 고요가 깃든 뒤에야 나는 이곳을 다시 찾았다. 그러나 산은 여인의 자취를 지우지 않았다. 그녀가 오르던 길목마다 작은 야생화가 피어 있었고, 산

자고는 바람에도 흩날리지 않고 하얗게 머물렀다. 그녀가 바라보던 바다의 끝자락에는 어느 날, 연기처럼 물안개가 내려앉았다. 그 무렵의 가조도는, 신비의 시간으로 잠긴다.

가조도의 바람은 계절마다 결이 다르다

겨울엔 내면을 감는 듯하고, 봄에는 문득 스쳐 지나가며 말을 걸고, 여름과 가을의 바람은 더 오래 머무르며 감정을 흔든다. 귀를 기울이면, 그 바람 속에 언어를 잃은 노래 한 줄이 실려 있는 듯하다. 옥녀봉에 오르면, 한 여인의 기다림이 여전히 돌 틈마다 맺혀 있다.

그리고 그 연적의 산자락, 작고 고요한 바위 아래, 비 오는 날이면 지금도 물방울 하나가 천천히 맺혀 땅 위에 떨어진다. 침묵 끝에 다다르는 맑은 한 방울. 마치 오래전, 연적에서 떨어지던 그 물의 잔향처럼.

가조도는, 그 이름처럼 '더하고, 보태고, 도우는 섬'이다.

나는 이 섬이 오래도록 품어온, 말해지지 않았던 이야기를 더듬어 찾았다. 소리를 잃은 여인의 무한한 침묵과, 맑디맑은 기다림. 이 모든 것이 하나의 풍경이 되어, 거울처럼 되비치는 섬의 바다에 담겨 있다.

가조도는 지금도, 단 한 사람의 침묵을 품은 채, 세계의 중심 어딘가에서 조용히 떠 있다. 누구라도 그 섬에 닿아 바람을 마주하게 되면, 그 바람 속에 스며든 오래된 음성을 들어 보라. 그건 다만 기다림이다. 한 존재의 지극한 마음이 잎사귀처럼 떨리며 남긴, 언어 이전의 울림.

그 소리는, 닿는 이의 메마른 가슴을 연적의 물처럼 맑게 씻어 줄 것이다. 침묵으로 섬을 울렸던 여인. 그녀의 이야기는 이제 전설이 되었지만, 가조도의 바람은 여전히 그녀의 말 없는 목소리를 기억한다.

그리고 섬은 말없이 전한다. 기다림이란, 끝나지 않은 사랑의 다른 이름이라고.

이 헌

시인, 전 거제대학교 교수. 시집 〈린과 비〉 달의 그리움처럼, 〈린과 비 2〉- 년 항상 내 편이었어, 〈린과 비3〉 이성과 감성, 저서 〈거제학개론〉 〈문화관광자원해설〉 〈운영체제〉 〈품질관리〉 〈생산관리〉 〈전장실계〉 〈멀티미디어개론〉

천혜의 자연이 빚은 섬, 거제도

거제도는 푸른 바다와 어우러진 천혜의 비경, 수려한 자연경관, 그리고 유구한 역사적 흔적이 공존하는 대한민국의 대표 해양관광 휴양도시이다.

청정한 해역으로 둘러싸인 이 섬은 발길이 닿는 곳마다 절경이다. 수많은 관광객의 발걸음을 사로잡는 보석 같은 여행지로서 73개의 크고 작은 섬(유인도 10, 무인도 63)과 함께 언제나 다채로운 풍경을 선사한다.

특히, 거제 해금강을 비롯해 한려해상국립공원에 속한 주요 명승지들은 사계절 내내 자연의 경이로움을 보여준다.

'거제 9경'이라 불리는 거제 해금강, 바람의 언덕과 신선대, 외도 보타니아, 학동 흑진주 몽돌해변, 거제식물원, 거제도 포로수용소 유적공원, 공곶이와 내도, 동백섬 지심도, 그리고 매미성은 거제를

멀리서 바라본 거제 식물원

찾는 이들에게 잊지 못할 감동과 추억을 선사한다. 그 중에서도
나는 평소 가족과 함께 즐겨찾는 명소를 중심으로 소개할까 한다.

거제 식물원(거제 정글돔)

거제시의 대표적인 생태 관광명소인 거제 식물원(거제 정글돔)이
문화체육관광부와 한국관광공사가 공동으로 주관하는 한국관광
100선(2025~2026)에 선정되는 영예를 안았다. '한국관광 100선'은
2년마다 국내 최고의 관광지를 선정해 내외국인 관광객에게 소개
하는 권위 있는 프로그램으로, 이번 선정은 거제식물원이 자연과

조화를 이루는 지속 가능한 관광지로서의 가치를 공인받았음을 의미한다.

거제정글돔은 총면적 4,468㎡, 최고 높이 30m의 국내 최대 규모를 자랑하는 돔형 식물원으로, 무려 7,472장의 유리 패널로 구성된 유려한 외관은 보는 이로 하여금 경이로움을 자아낸다. 돔 내부에는 300여 종, 1만 주 이상의 열대 식물이 생태적으로 조화롭게 조성되어 있으며, 석부작 정원과 초화원, 선인장원, 포토존, 빛의 동굴 등 다채로운 공간이 방문객을 맞이하고 있다.

특히, 사계절 내내 푸르름을 간직한 식생 환경은 단순한 관람을 넘어 자연 속에서의 생태체험과 교육적 가치를 함께 제공하고 있다. 거제정글돔은 생물종 보전과 식물 연구, 수집 활동에도 적극적으로 참여하며 생태계의 지속 가능성 확보에 기여하고 있으며, 환경 보호의 중요성을 대중에게 널리 알리는데 중추적인 역할을 수행하고 있다.

거제시는 이번 한국관광 100선 선정을 계기로 많은 국내외 관광객들에게 거제의 아름다운 자연과 식물원의 특별한 경험을 알릴 수 있는 기회로 삼고 있다. 앞으로도 다양한 체험 프로그램과 편의시설을 지속적으로 확충하여, 누구나 편안하고 의미 있는 시간을 보낼 수 있는 자연 친화적 복합문화공간으로 발전시켜 나갈 계획이다.

이번 선정을 통해 거제식물원은 거제시를 대표하는 랜드마크를 넘어, 국내 생태관광의 미래를 이끄는 핵심 거점으로 자리매김할 것으로 기대된다.

공곶이에서 바라본 내도의 모습

공곶이와 내도

경남 거제시 동남쪽 끝자락. 일운면 와현해수욕장을 지나 예구 마을을 거쳐 능선을 하나 더 넘으면, 마치 세상의 이면에 숨겨진 듯한 조용하고 비밀스러운 풍경이 모습을 드러낸다. 바로 공곶이이다. 푸른 바다와 산비탈이 만나는 이곳은, 정면으로는 고즈넉한 내도를 마주하고, 멀리로는 수묵화처럼 번지는 해금강이 펼쳐져 있다.

'공곶이'라는 이름은, 마치 사람의 엉덩이처럼 둥글게 튀어나온 지형에서 유래하였다. 그러나 이 이름보다 더욱 깊은 인상을 남

자연과 사람이 만든 명소, 공곶이의 봄

기는 것은, 1957년 강명식·지상악 부부가 황무지였던 이 산비탈을 한 삽, 한 곡괭이로 일구어낸 사연이다. 두 부부는 16,000㎡에 이르는 땅을 개간하고, 동백과 수선화, 종려나무를 심으며 평생을 이 땅과 더불어 살았다. 이들의 손길이 스며든 자연농원은, 매년 봄이면 붉은 동백과 노란 수선화가 조화롭게 피어나 보는 이의 숨을 멈추게 하는 아름다움을 선사한다. 그리하여 공곶이는 소문에 소문을 더해, 자연과 사람이 함께 만든 '숨은 명소'로 자리 잡게 되었다.

공곶이의 산자락은 계단식으로 다듬어져 있어, 발걸음마다 차오르는 경치를 품고 있다. 길을 따라 걷다 보면 종려나무가 하늘을 찌르고, 천리향과 만리향, 설유화가 향기를 머금은 채 피어 있다.

그 너머로는 끝없이 펼쳐진 푸른 바다가 그림처럼 어우러져, 이곳을 찾은 이들에게 한 폭의 수채화를 걷는 듯한 경험을 안겨준다.

바다 건너 맞은편에는 '내도'가 조용히 떠 있다. 와현리 해안에서 불과 300m 떨어진 곳에 위치한 이 작은 섬은, 면적 0.256㎢, 해안선 길이 3.9㎞, 최고점은 131m에 불과하지만, 그 속에 담긴 이야기와 풍경은 결코 작지 않다. 현재 약 12명의 주민이 거주하고 있으며, '안섬', 혹은 '모자섬'이라는 이름으로도 불린다.

내도라는 이름은 인근의 외도(外島) 안에 위치했다 하여 붙여진 것이며, 이와 관련된 전설도 전해진다. 옛날, 대마도 근처에 있던 외도(남자 섬)가 바다를 건너 구조라 앞바다의 내도(여자 섬)를 향해 다가오자, 이를 본 한 여인이 놀라 외쳤다고 한다. "섬이 떠온다!" 그 순간 섬은 그 자리에 멈췄고, 이후 두 섬은 마주한 채 멈춰섰다는 이야기는 지금까지도 전해 내려온다.

내도는 그 자체로 하나의 정원이다. 섬 전역을 뒤덮은 동백나무는 사계절 푸르름을 간직하고 있으며, 봄이면 꽃으로 붉게 물든다. 풍부한 어족자원 또한 이 섬의 자랑거리로, 김, 굴, 톳, 고동, 문어 등의 해산물은 품질 면에서 정평이 나 있다. 1982년에는 섬 안의 분교 운동장에서 선사시대 조개무지와 토기가 발견되어, 이 조용한 섬의 오래된 역사를 증명해주기도 했다.

구조라 선착장에서 하루 세 차례 운항되는 배를 타면 내도에 닿을 수 있으며, 섬 안에는 소박한 펜션과 민박이 마련되어 있다. 그리고 옛길을 따라 이어지는 산책로는 고요한 자연 속에서 사색을 즐기기에 그만인 장소다. 바닷바람을 따라 걷다 보면, 어느새 마

아내와 함께 동백섬 지심도에서

음의 소란도 잠잠해진다.

공곶이와 내도. 이 두 곳은 거제의 화려한 관광명소들과는 다른 결을 지닌 공간이다. 화려하지 않지만 깊이 있고, 북적이지 않지만 풍요로운. 사람과 자연, 그리고 시간이 빚어낸 이 풍경 속에서, 한 번쯤 걸어보는 것은 어떨까. 꽃길을 따라 천천히 걷고, 조용한 파도 소리에 귀를 기울이며, 마음을 놓아두기에 더없이 좋은 곳이다.

동백섬 지심도

물결에 실려 고요히 다가가는 섬, 거제 일운면에서 남동쪽 6km 지점, 하늘에서 내려다보면 마음 '심(心)' 자를 닮은 그곳이 바로 지심도다. 이름부터 운치를 담은 지심도는 자연이 오랜 시간에 걸쳐 빚어낸, 한 폭의 수채화 같은 섬이다. 장승포항에서 도선으로 20분 남짓, 푸른 바다를 건너 도착한 이 섬은 자연의 원형을 간직한 작은 낙원이다. 늘 푸른 상록수와 다양한 수목들이 조화롭게 어우러져 섬 전체가 거대한 정원처럼 펼쳐지며, 그 가운데 수없이 많은 동백나무가 존재감을 드러낸다. 그래서 지심도는 또 하나의 이름, '동백섬'이라는 별칭으로 불린다. 계절마다 다른 빛깔로 옷을 갈아입는 이곳은 맑은 날이면 멀리 대마도까지 시야에 담기며, 섬의 소담한 규모 길이 1.5km, 폭 500m 속에 자연의 절정을 오롯이 품고 있다.

지심도의 숲길을 따라 걸으면 나뭇잎 사이로 스며드는 햇살과 바람, 그리고 사철 푸르른 초록의 깊이가 도시에서 잊고 지낸 평온함을 되찾게 해준다. 특히 봄이 되면, 섬 전체는 붉은 동백꽃의 향연으로 물들고, 땅 위로 떨어진 꽃잎들이 만든 꽃길은 자연이 연출한 가장 아름다운 순간을 선사한다.

이때 지심도를 찾는 이들은 그 무엇과도 바꿀 수 없는 감동과 마주하게 된다. 섬에는 현재 약 20여 명의 주민이 거주하며, 자연과 더불어 살아가는 소박한 일상이 여행자들에게 잔잔한 울림을 전한다. 동백꽃은 세 번 피는 꽃이다. 한 번은 나무 위에서, 한 번은 땅 위에서, 그리고 마지막은 사람들의 마음속에서. 그리하여 강인함, 순환, 위로의 상징으로 자연과 인간의 깊은 교감을 이야기한다.

지심도의 동백꽃은 단지 시각적인 아름다움에 그치지 않고, 인생의 철학과도 같은 메시지를 전하는 존재이다. 이 섬에 발을 디딘 이들은 자연과 하나 되어 호흡하는 순간, 잊지 못할 감동과 마주하게 된다. 사계절 모두 다른 얼굴을 지닌 지심도는 도심의 소란을 벗어나 자연 속에서 고요한 사색을 즐기고픈 이들에게 더없이 이상적인 여행지이다.

지심도 그 이름만으로도 마음이 쉬어가는 섬. 거제의 품 안에 안긴 동백섬에서 자연이 건네는 따뜻한 위로와 동백꽃이 속삭이는 이야기 속으로, 지금 떠나보시길 바란다.

천혜의 자연이 빚은 섬, 거제도는

물결과 산, 바람과 꽃이 어우러진 섬이 바로 거제도다. 계절마다 빛을 달리하는 이 섬은 자연이 정성껏 빚은 예술작품과도 같다. 푸른 바다가 품은 장엄한 절경과 따뜻한 사람들, 그리고 입안을 사로잡는 향토의 맛까지. 거제는 한 걸음 한 걸음마다 감동이 깃든 곳이다.

천혜의 비경, 거제해금강은 '바다 위의 금강산'이라 불리는 해금강은 이른 아침 햇살 속에서 더욱 신비롭게 빛난다. 기암괴석이 파도를 가르며 하늘로 솟아오르는 그 장면은, 마치 대자연의 위엄을 담은 조각 작품 같다. 붉게 물든 동이 틀 무렵, 이곳은 인간의 언어로는 담기 어려운 경이로움으로 여행자를 감싼다.

여유와 설렘이 흐르는 길, 여차~홍포 해안도로는 굽이치는 도로를 따라 달리다 보면 푸른 바다와 대소병대도의 섬들이 조화롭게 펼쳐진다. 한 폭의 수채화를 닮은 풍경은 여행자에게 깊은 여유와 설렘을 선사하며, 길 위에서 마주하는 바다 바람은 일상의 피로를 조용히 씻어 낸다.

바람의 언덕과 신선대는 동화 같은 풍경, 남해의 시원한 바람이 언덕을 지나 바람개비를 돌릴 때, 여행자는 동화 속 주인공이 된다. 신선이 놀다 갔다는 전설의 신선대는 절벽과 바다, 노을이 어우러진 찰나의 장관을 연출한다. 그 풍경은 마치 하늘과 바다의 경계가 사라진 듯, 보는 이의 마음을 넓고 깊게 만든다.

이국의 정원을 닮은 섬, 외도 보타니아는 꽃과 나무로 가득한 외도 보타니아는 남국의 정취를 품고 있다. 이국적인 식물과 바다 풍경이 어우러져 특별한 시간을 선사하며, 걷는 내내 발길이 멈추는 순간마다 그림 같은 장면이 펼쳐진다.

자연의 숨결이 흐르는 해변, 학동 몽돌해변은 흑진주처럼 빛나는 몽돌 위로 부서지는 파도 소리는 마치 자장가처럼 마음 깊은 곳까지 스며든다. 손에 쥔 조약돌은 수많은 세월을 견뎌온 바다의 숨결을 전해 준다.

생명의 정원, 거제식물원은 국내 최대 규모의 돔형 식물원인 거제정글돔은 싱그러운 생명력으로 가득하다. 2025~2026 한국관광 100선에 이름을 올린 이곳은 식물의 향기와 빛으로 여행자의 감각을 깨운다.

역사의 현장, 거제 포로수용소 유적공원은 아픈 역사를 품은 이곳은 기억과 성찰의 시간을 제공한다. 국내 최장 관광 모노레일을 타고 한려해상 절경을 바라보며, 과거와 현재를 넘나드는 여정이 마음속에 깊이 새겨진다.

동백꽃의 섬, 지심도와 내도, 공곶이는 겨울과 봄, 지심도는 온통 붉은 동백꽃으로 물든다. 떨어진 꽃잎이 만들어낸 붉은 융단 위에서 자연의 강인한 생명력을 느낄 수 있다. 봄날 공곶이와 내도는 동백과 수선화가 어우러져 환상적인 자연의 향연을 펼친다.

바다 위 성채, 매미성은 태풍이 남긴 상처 위에 한 사람이 쌓아 올린 매미성은 중세의 고성을 닮은 독특한 풍경으로 많은 이들의 발걸음을 끈다. 이곳에서 바라보는 이수도, 거가대교, 저도는 고요하고도 장엄한 거제의 얼굴이다.

거제의 진미, '거제 9미'와 '거제 9품'은 대구탕부터 멸치 쌈밥, 멍게 비빔밥에 이르기까지 거제 9미는 바다의 풍요로움을 담고 있다. 굴, 맹종죽순, 유자 등으로 대표되는 거제 9품은 이 섬의 자연이 길러낸 귀한 선물이다. 그 맛 하나하나가, 거제의 계절과 풍경을 닮았다.

함께 기억할 명소인 구조라 해수욕장의 잔잔한 파도, 윤돌섬과 삼형제 전설이 전해주는 따뜻한 이야기. '바다의 청와대'라 불리는 대통령 해상별장 저도, 칠천량 해전공원과 씨릉섬 출렁다리, 산책로까지. 그 모두가 여행자의 발걸음에 품격을 더해준다. 망산 정상에 오르면 산과 바다가 어우러진 대 파노라마가 펼쳐진다. 그곳에서 들려오는 바람의 속삭임이 있다.

"이곳이 바로, 거제다."

옥치군

경상국립대 경영학과 석사, 녹조근정훈장, 정부모범공무원(국무총리), 행안부 장관 표창, 경남도지사 표창,거제시 농업지원과장, 거제면장, 농업지원과장 역임, 현재) 재단법인 의령옥씨 장학회 이사장, 거제시 농지위원장, 남해안 관광신문 기자, 거제스토리텔링협회 주간, 정원힐링콘서트 공연기획, 거제이순신학교 총괄본부장, 시집 〈뿌리를 따라 걷는 길〉

Story
3

소곤소곤 수군수군

거제 이순신 학교를 열다

내가 거제 고향을 위해서 마지막으로 할 수 있는 일이 무엇일까? 교육자로서 할 수 있는 일은 1차적으로 미래세대들을 제대로 키워내는 일에 대한 봉사였다. 그것은 부산에 있는 이순신 정신 선양 단체인 부산 여해재단 이순신 학교에서 10여 년간 봉사하면서였다. 부산교육청과 협의하여 초중고 학생들에게 이순신 정신을 교육하면서도 느낀 것이 적지 않다. 대학생을 상대한 청년 이순신 아카데미 강좌도 15회차 진행됐다. 이로써 한국의 미래를 새로운 차원으로 바꿀 수 있는 계기는 이순신 정신 교육에 있다는 확신이 들었다.

따라서 나의 고향을 위한 마지막 봉사는 거제 이순신 학교를 만드는 것이었다. 거제의 미래세대들에게 건강한 이순신 정신을 교육시켜 이들이 미래의 우리나라를 세워갈 수 있게 터전을 마련하는 길이었다. 거제는 이름대로 역사적으로 나라를 크게 구하는 일들이 많이 있었다. 현대사의 민족적 비극이었던 6.25 때 많은 피난민들을 수용했을 뿐만 아니라, 포로 수용소가 세워지면서 난국의 역사 현장이 되었다.

그러나 이보다 훨씬 이전 433년 전 임진왜란 때 거제도에서 이순신 장군이 옥포에서 첫 승을 거두었다. 잇달아 당포, 한산, 부산 대첩을 승리하여 일본의 수륙 병진 전략을 허물었다. 나아가 제해권을 확보하여 조선의 나라를 일본으로부터 지켜낼 수 있었다. 그러므로 임진란의 첫승지인 옥포 대첩이 지닌 의미는 아무리 강조하더라도 지나칠 수가 없다.

그래서 우리 선배들은 일찍이 1957년 6월 12일(음력 5월 7일, 옥포대첩날) 아주리 당등산 거북산재 정상에 옥포대첩기념탑을 세웠다. 당시 초대 교육장이셨던 신용균 교육감이 중심이 되어 6,25 이후 어려운 경제 사정 속에서도 군민들의 힘을 합쳐 기념탑을 건립했다. 이때 지역 초등학생 4학년 이상의 학생들이 남북 통일, 계승 충무공 정신이란 글을 모아 금속함에 같이 넣었다.

그러나 이 기념탑은 1973년 10월 11일 옥포조선소가 조성되면서 부득이 옮겨야만 했다. 옮길 위치가 제대로 선정되지 못해 결국 이 기념비는 대우조선 남문 쪽에 위치하게 되었다. 아직도 여기에 거의 방치되어 있는 상태다. 현재 1996년 6월 22일 조성된 옥포대첩기념공원에는 새로운 기념탑이 세워져 있다.

이는 거제의 시민 정신과 이순신에 대한 인식의 현주소를 상징적으로 보여주는 장면으로 보인다. 선배들의 귀중한 뜻을 기리고 전수하기 위해 이 본래의 탑은 빨리 옥포대첩 기념 공원으로 이전해야 한다. 앞으로 거제 이순신 학교는 이순신 정신을 제대로 교육시켜야 한다. 여기서 작은 이순신들이 지역 사회의 건강한 정신을 이어나가는 지도자로 성장함과 동시에 이순신 정신을 선양하고 실천함으로써 거제시 도약의 터전을 마련하는 인재가 되기를 기대한다.

나라가 어려울 때 이순신의 정신을 통해 군민의 마음을 하나로 묶었던 선배들의 고귀한 역사적 정신을 되살려 지금은 거제의 정신을 새롭게 고쳐세워 나가야 할 때다. 앞으로는 이 역할을 거제 이순신학교가 감당해 나가야 한다. 지금 이순신 학교 추진 위원회가 가진 것은 아무 것도 없다. 그러나 거제의 미래세대들이 현재 처해 있는 한국 교육 현장의 문제를 치유해 나갈 수 있는 사람다운 교육에 대한 대안은 이순신 교육을 통해서 가능할 것이다.

오직 잘 살 위해 경쟁의 장이 되어버린 시장통 같은 교실에 이순신 교육을 통해 제대로 잘 산다는 것이 정말 어떤 것인지 보여주고 싶다. 한국교육의 대전환의 계기를 거제의 미래세대들의 이순신 교육을 통해 실현해 보고자 한다. 우리는 지난 12,3 사태 이후 한국 사회 지도자들의 소위 엘리트들의 비인간적인 행위들을 통해 우리 사회가 안고 있는 교육의 문제를 적나라하게 확인할 수 있었다. 오직 경쟁에 이겨 최고의 학벌과 위치에 오른 자들의 모습은 국민을 의한 봉사자가 아니었다. 국민을 괴롭히고 자신만을 생각하는 우리가 바라는 공인이 아니었다.

교육은 성별과 직업과 능력에 관계없이 모두가 인간으로 대접

받고 함께 행복하게 사는 길을 안내하는 훈련의 장이다. 누적되고 점철된 한국 사회의 교육의 문제를 이순신 교육을 통해 해결해 나간다는 이 꿈은 지금 보기에는 허황된 뜬구름 잡는 소리로 들릴지 모른다. 하지만 눈물로 씨를 뿌리면 언젠가는 기쁨의 단을 거둘 날이 오리라 믿는다.

교육의 대전환은 학생 교육만으로는 온전히 실현되기 어렵다. 학부모들의 인간 교육에 대한 가치관이 바뀌어야 한다. 이에 이순신 학교는 학생뿐만 아니라 시민을 대상으로 한 이순신 교육을 준비하고 있다. 시민을 통한 교육을 통해 거제 시민정신을 새롭게 정립시켜나가는 인문학 교육을 확산시켜나가고자 한다.

거제는 그 동안 조선산업의 중심지로 부상하면서 경제적으로도 부한 도시로 풍요를 누렸다. 하지만 지금은 조선산업의 위축으로 경제적 어려움에 처해 있는 것이 현실이다. 많은 시민들이 풍요를 경험한 바 있기에 자본주의 사회 속에서 자본의 논리에 길들여져 있다. 오직 돈이 삶의 중심 가치에 놓여 있음에서 벗어나지 못하고 있다.

인간의 현실 삶을 위해 물적 환경이 필요조건이지만, 인간 삶의 행복을 위해서는 충분조건이 아니다. 자본의 논리에 휘둘리고 찌들어진 마음에 인간이 인간으로서 존재하는 근원적 실존에 대한 자각과 인식이 있어야 한다. 인간 삶에서 인문학적 소양이 필요한 이유다. 거제는 하늘의 은혜로 천혜의 자연 공간을 선물로 받았다. 그러나 이 엄청난 자산을 인간의 욕망 때문에 얼마나 훼손시켜 놓았는가. 이순신의 정신은 자연과 인간이 어떠한 관계 속에서 공존해나가야 할지를 근본적으로 사유하게 한다.

기후위기의 시대에 거제시민들이 견지해야 할 정신적 가치는 사람이든 자연이든 타자에 대한 환대의 정신이다. 이는 바로 우리의 이웃인 약자에 대한 사랑이다. 가족, 군졸 사랑에서, 나라 사랑으로 무한히 확대해 나간 이순신의 그 사랑은, 우리가 궁극적으로 배우고 실천해야 할 핵심적인 명제가 될 것이다.

학생교육과 시민 교육으로 이순신 학교의 소명은 끝나지 않을 것이다. 이순신의 생애는 수많은 문화예술의 현재적 문화콘텐츠를 가능하게 한다. 그래서 이순신의 생애를 원자료로 해서 다양하고 흥미진진한 문화예술 작품을 창조해 나갈 것이다. 문학, 미술, 음악, 연극, 전통예술 등 모든 예술 장르를 통해 이순신의 정신을 승화시켜 창작함으로써 거제문화예술의 새로운 장의 지평을 열어나갈 수가 있다. 그 역량과 가능성을 충분히 지니고 있으면서도 그 동안 이를 창발시킬 계기를 마련하지 못한 것으로 보인다.

오늘 이 자리에서 아직 가슴에 품고 있는 더 많은 꿈과 비전을 다 나눌 수는 없다. 이제 시작의 시간이기 때문이다. 이 시작의 시간에 1952년 5월 4일 옥포로 행하던 이순신 장군의 마음이 어떠했는지를, 그리고 전투를 앞둔 그의 마음 자세를 함께 나누고자 한다.

5월 3일자 난중일기에는 다음과 같이 기록되어 있다.

정운의 건의를 받아들여 곧 중위장을 불러 내일 새벽에 떠날 것을 약속하고, 장계를 써서 보냈다. 이날 여도수군 황옥천이 적이 두려워 집으로 달아나 피해 있는 것을 잡아 와서 목을 베어 군중 앞에 높이 매달았다. 이후 5월 5일부터 28일까지의 일기는 빠져있다.

그러나 〈옥포파왜병장〉에는 다음과 같은 기록을 남기고 있다.

7일 새벽 다 같이 출발하여 적선들이 정박해 있는 천성과 가덕을 향해 갔는데, 정오에 옥포 앞바다에 이르니 척후장인 사도첨사 김환, 여도 권관 김인영 등이 신기전을 쏘아 올려 변고를 알리므로 적선이 있는 줄 알고 다시금 여러 장수들에게 신칙하기를 "함부로 움직이지 말고 산같이 정중하라(勿令妄動 靜重如山)고 지시한 후 그 포구 앞바다로 줄지어 나란히 들어가 보니, 왜선 50여 척이 옥포 선창에 나뉘어 정박해 있었습니다. 신이 거느린 여러 장수들이 한 마음으로 분발하여 모두 죽을 힘을 다하니 또 배 안에 있던 관리와 군사들 또한 그 뜻을 본받아 서로 격려하며 죽음을 각오하고 공을 세우려 하였습니다."

첫 전투에 임하는 이순신과 그의 군사들은 하나가 되어 죽음을 각오하고 싸웠다. 이에 나는 거제 이순신 학교의 시작을 바로 이 정신으로 시작하려고 한다.

남송우

거제 하청면 출생. 부산대학교 국문학과(문학박사). 1981년 〈중앙일보〉 신춘문예 평론 당선. 김달진문학상, 이주홍문학상. 평론집 〈전환기의 시대의 삶과 비평〉 〈지역문학에서 지역문화연구로〉 〈인문학적 사유의 글쓰기〉 〈윤동주 시인의 시와 삶 엿보기〉 등 다수. 거제이순신학교 운영위원장, 인본사회연구소 이사장, 부경대학교 명예교수, 고신대학교 석좌교수

구국의 성지, 거제 옥포만

옥포만은 충혼의 역사를 오롯이 간직하고 있다. 옥포만의 함성이 울렸던 민주화의 열기가 품어져 나왔던 것도 세계 일등 중공업체로 발돋움한 한화 오션이 자리하게 된 것도 무관하지 않다고 느껴진다. 옥포만 곳곳에 베인 숨결을 찾아 500년을 이어온 역사문화를 거스러 바라보면 현실과 이상이 교차하기 일쑤다.

옥포진성은 1990년 12월 20일 경상남도 문화제 104호로 지정되었다. 조선왕조실록에 의하면, 성종 19년인 1487년 축성을 시작하여 3년만인 1490년 완성하였다. 당시 성곽 둘레가 1,440척이고, 동서의 길이가 360척, 남북 너비가 340척으로 규모가 대단하다. 보기 드문 평지성으로 성안을 드나드는 4개의 성문이 있어 학술적 가치는 상상 그 이상으로 평가받고 있다.

역사적으로 옥포진성은 임진왜란이 일어나기 102년 전에 축성

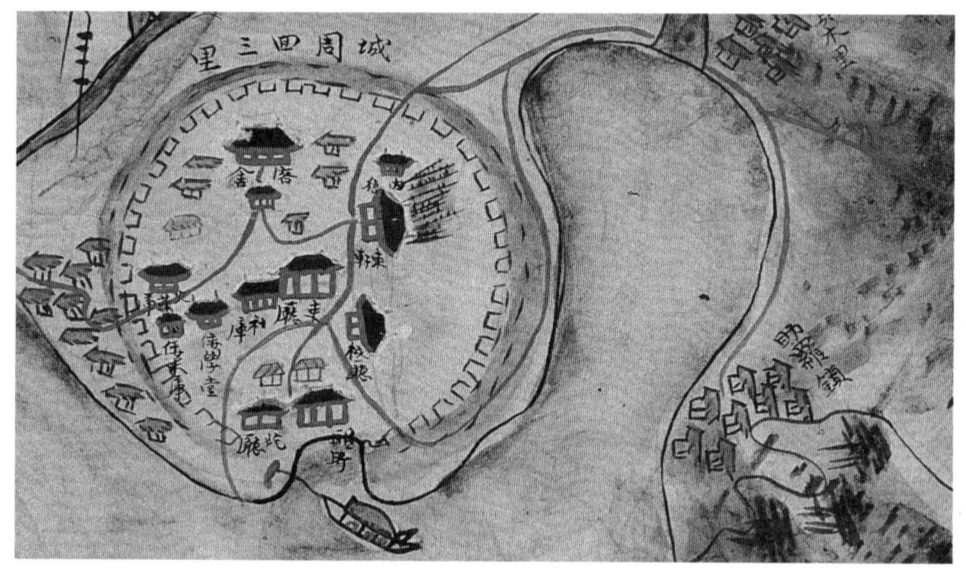

임진왜란이 일어나기 102년 전 축성된 옥포진성

되었다. 임진왜란 당시 충무공 이순신 장군의 첫 승전을 간직하고 있는 중요 유적지 중 한 곳이다. 500여 년을 거슬러 옥포만을 바라보고 서 있었을 옥포진성의 위용은 엄청나게 느껴진다. 거제의 전통 문화유적 보존과 함께 후세들을 위한 충혼 교육의 장으로 크게 부각된 이유이기도 하다.

그러나 1970년대 초부터 정부에서 대한조선공사 옥포조선소를 추진하면서 옥포는 조선산업 배후도시로 급격히 변모하기 시작했다. 도시화를 이루는 과정에서 성곽뿐만 아니라 성 내부의 건물 등이 훼손되어 지금은 흔적을 찾아보기 어렵다. 현존하는 옥포동 150-1번지 옥포진성 성벽만이 옛 성곽의 위용을 느끼게 해 줄 뿐이다.

옥포진성 잔존 유적

옥포 주민들은 옥포진성이 경상남도 기념물로 지정된 이후, 이루말 할 수 없는 피해를 감내해야 했다. 노후로 인한 주택 신축이나 보수를 전혀 하지 못했다. 여러 생활의 불편은 물론 토지개발의 제약 등으로 도심 속 섬으로 전락하고 말았다. 비록 성곽 유적은 사라지고 없지만 옥포진성의 역사는 경상남도 문화재로서 엄격히 보호되고 있다.

지난 2017년 8월, 거제시는 옥포성 종합정비계획 용역을 수행했다. 그것은 매우 획기적인 일이었다. 우리의 소중한 전통문화를 보존하는 것은 후세에 유산으로 남기는 일이다. 지금 우리 세대가 하지 않으면 돌이킬 수 없다는 사명감을 갖게 하는 대목이다. 종합정비계획에 의해 연차적으로 성곽을 보존하는 노력이 이어질 것이다. 우선 사유지 토지와 건물을 순차적으로 매입하여 공원으로 조성하는 방안이 마련되어 있다. 더디긴 하지만 향후 옥포진성 발굴조사를 통해 문루 및 체성벽을 복원해야 한다. 치와 같은 부속 시설물들도 순차적으로 옛 모습을 되찾게 될 것이다.

그동안 개발제한에 묶여 있던 옥포진성이 새롭게 조명되고 있다. 옥포진성의 학술적 가치는 후손들에게 긍지로 다가온다. 전통문화 유산은 과거와 현재를 이어주는 고리이며, 결국 미래를 내다보게 하는 거울이다.

옥포 관광 코스는 옥포진성부터 시작된다. 옥포진성터 바깥쪽에 거북선이 전시되어 있다. 임진왜란 첫 승전 역사를 간직하고 있는 충무공 이순신 만나러 가는 길은 2013년 7월 개통됐다. 조라마을 해안로에서 팔랑포와 옥포대첩기념공원을 거쳐 김영삼 대통령 생가까지 연결된다. 500여 년을 이어온 선조들의 충혼 정신이 미래의 후손까지 연결되는 역사를 찾아가는 길이다. 구국의 성지 옥포진성은 옥포대첩 해양관광단지로 이어져 있기도 하다. 거제 옥포 관광코스는 충혼이 담긴 스토리텔링으로 파도가 넘실대는 포구마다 새겨져 있다.

무릇 역사를 잊은 민족에게 미래는 없다고 했다. 역사는 반복되기 때문이다. 지금부터 433년 전, 임진왜란으로 나라의 운명이 풍전등화와 같았던 시기 옥포만에 울려 퍼진 첫 승전 역사도 마찬가지다. 후세들은 나라의 운명을 지켜낸 승전의 역사를 기억해야 한다. 첫 승전의 역사를 옥포진성은 얼마나 감격스러웠을까 생각해본다. 역사가 반복되는 진리를 현실에 접목해보면 확연히 드러난다.

옥포대첩 기념축제 때 시가행진하는 필자

옥포진성은 잔존 유적을 복원해야 한다. 구국의 성지를 가꾸어 보존하는 것이 역사를 지키는 노력이다. 옥포진성 유적은 숨겨진 보물처럼 소중한 가치를 지닌다. 이미 도시화가 진행되어 옥포진성의 완전한 복원은 요원한 일이다. 그러나 성벽 일부가 남아 있는 옥포동 150-1번지 일원에 옥포진성을 축소한 모형을 만들고, 역사관을 지어 공원화한다면 많은 거제시민과 관광객들에게 호평을 받을 수 있다. 충혼 역사의 명소로 탈바꿈 할 수 있다는 의미다.

우리가 기억해야 할 옥포진성 문화재보호구역 토지 매입이 쉽지 않다. 모두 20필지 1,925㎡로 일부 국유지(기획재정부)를 제외하고 대부분 사유지다. 옥포진성 유적 복원이 가능한 곳은 남문지 옆 잔족 유적이 있는 곳이다. 남문 및 문루 보존을 위한 최소한의 토지를 경상남도와 협의하여 조속히 매입해야 한다. 거제시 계획으로 무려 10여 년에 걸쳐 단계적으로 매입하게 되어 있다. 이를 앞당기려는 노력이 더해져야 한다. 경상남도와 거제시가 협력하고 거제시 문화예술과를 중심으로 관련 조직이 구국의 성지 복원에 적극적으로 나서야 할 것이다.

아무것도 하지 않으면 변화는 있을 수 없다. 새로운 일을 창출해 내기 위해선 목표를 명확히 하고 강력한 추진력을 요구받는다. 옥포에 관광객을 끌어당기는 힘은 옥포만이 간직하고 있는 500년 충혼 역사다. 구국의 성지를 희망의 아이콘으로 재생산해야 가능한 일이다.

옥포거북선은 전문가의 고증을 거쳐 원형 복원한 실체다. 전라남도 무안의 조선소에서 제작됐다. 장인들의 손을 거쳐 제작되어 오늘에 이르고 있다. 한화오션 오션프라자 앞 공원에 위용을 뽐내고 있는 거북선은 내부를 관람할 수 있도록 설계되었다. 거북선 관리사무소를 두어 문화해설사가 상주하고 있다. 관광객 유치 마케팅 전략 수립과 거북선을 주제로 한 다양한 체험 프로그램을 활성화해야 한다. 옥포거북선에 큰 자부심을 가지고 있는 옥포마을 협의회 또는 문화예술 협동조합에 위탁하는 방안도 모색해 볼 필요가 있다.

거제시 관광 행정을 벤치마킹 할 좋은 사례들도 많다. 옥포대첩축제가 매년 새롭게 선보이며 거제시민과 관광객들에게 큰 호평을 받은 바 있다. 구국의 성지 옥포만에 관심을 가져야 할 요소들은 충분히 넘친다.

충무공 이순신 만나러 가는 길은 여전히 진행 중이다. 옥포 조라마을에서 야망을 거쳐 뱀쥐섬으로 해안 데크로 이어져 있고, 옥포 중앙공원 산자락 길을 따라 팔랑포마을에서 옥포대첩기념공원으로 연결된다. 아직 연결되지 않은 구간은 옥포대첩기념공원에서 김영삼 대통령 생가까지 미완성이다. 멈춰져 있는 충무공 이순신 만나러 가는 길을 해안로를 따라 데크 길로 조성해야 하는 과제가 놓여 있다. 이 길은 거제 섬앤섬길 11번째 코스로 8.5km 구간이 모두 완성되면 많은 각광을 받을 것이다.

거제의 섬앤섬길은 제주도 올레길, 지리산 둘레길과 함께 힐링 트래킹을 원하는 시민들과 관광객들에게 많은 호응을 얻었다. 거제 섬앤섬길 16개 코스는 단계적으로 만들어졌다.

한편 정부는 4,500km 코리아 둘레길을 계획하였다. 이 길은

DMZ 길에서 동해안 남해안 서해안을 잇는 우리나라 국토를 한 바퀴로 연결하고 있다. 새로운 길을 만드는 것은 쉽지 않다. 코리아 둘레길은 별도 토목공사 없이 기존 길을 최대한 활용한다. 친환경적 걷기 길 네트워크를 구축하겠다는 야심 찬 계획이다. 코리아 둘레길에 거제 구간도 포함되어 있다. 힐링과 트레킹 열풍 관광트렌드에 맞추어 얼마든지 관광 명소가 될 수 있는 세상이다.

거제 섬앤섬길은 문화와 역사를 조명하고 스토리텔링이 녹아 있는 걷는 길이다. 힐링을 추구하는 현대인들은 나만의 시간을 즐기려는 경향이 강하다. 옥포만을 바라보며 걷는 길 또한 관광자원으로 전혀 손색이 없다. 충무공 이순신 만나러 가는 길은 한화 오션 옥포조선소를 가장 가까이에서 조망할 수 있는 장점도 있다. 오대양을 누비는 대형 상선과 해양플랜트 건조물을 보는 것만으로 감격을 느낄 수 있을 것이다.

옥포만의 수려한 바다 풍광과 옥포대첩 승전의 역사는 유구하다. 조선수군이 첫 승전의 기쁨을 안고 넘었던 승판재와 옥포대첩 승전기념탑, 옥포대첩의 이모저모를 한눈에 관찰할 수 있는 전시관과 옥포대첩의 영웅 이순신 장군 영정과 22 공신을 모신 효충사를 둘러보면 절로 나라사랑의 충혼이 마음 속에 절로 새겨진다. 이처럼 옥포만은 구국의 성지로써 충혼의 역사문화 스토리텔링이 가득하다.

옥포대첩기념공원에 들어서자 물령망동 정중여산(勿令妄動 靜重如山) '가볍게 움직이지 말고 태산처럼 침착하게 행동하라 '이순신 장군의 장엄한 음성이 들려오는 듯하다. 1997년 조성된 공원은 28년의 세월이 흐르는 동안 제대로 된 투자가 이루어지지 않아 거제시민과 관광객의 발길이 멀어지고 있어 아쉬움이 많다. 새로운 감각으로 리모델링이 이루어져야 한다. 일본 대마도를 육안으로 바라볼 수 있는 '옥포대첩 전망대' 설치도 검토해 볼 만하다. 이순신 리더십 강좌와 전국 규모 대회를 열 수 있는 국궁장, 충효체험 프로그램 등 다양한 역사 체험의 장으로 펼쳐야 한다.

옥포대첩 해양관광단지는 또다른 관광인프라를 구축하는 일이다. 전적으로 민간투자 방식으로 추진되고 있다. 해양관광단지 조성은 옥포동 산1번지 일원 629,835㎡ 규모로 지난 2014년 6월부터 시작되었다. 기본계획 수립 이후 경상남도와 거제시가 MOU를 맺고 사업허가 절차를 수행하고 있다. 본 사업이 본격 궤도에 오르기까지 매우 더디게 추진돼 왔다.

옥포대첩기념공원 리모델링과 연계하여 애국혼을 고취하는 역사문화 관광지로 추진되고 있어 기대하는 측면이 강하다. 나라의 운명을 바꾼 옥포대첩의 충혼 정신을 일깨우는 일이다. 필자는 구국의 성지 역사문화를 대내외에 알리기 위한 독창적인 관광단지 개발에 크게 공감한다. 충무공 이순신 장군과 선조들의 충혼이 서린 옥포만의 역사문화는 미래 후손에게 물려줄 위대한 유산이다. 거제를 세계적인 관광도시로 펼쳐나가야 할 사명을 구국의 성지 옥포만에서 찾아야 한다. 축제가 매년 새롭게 선보이며 거제시민과 관광객들에게 큰 호평을 받은 바 있다. 구국의 성지 옥포만에 관심을 가져야 할 요소들은 충분히 넘친다.

충무공 이순신 만나러 가는 길은 여전히 진행 중이다. 옥포 조라마을에서 야망을 거쳐 뱀쥐섬으로 해안 데크로 이어져 있고, 옥포중앙공원 산자락 길을 따라 팔랑포마을에서 옥포대첩기념공원으로 연결된다. 아직 연결되지 않은 구간은 옥포대첩기념공원에서 김영삼 대통령 생가까지 미완성이다. 멈춰져 있는 충무공 이순신 만나러 가는 길을 해안로를 따라 데크 길로 조성해야 하는 과제가 놓여 있다. 이 길은 거제 섬앤섬길 11번째 코스로 8.5km 구간이 모두 완성되면 많은 각광을 받을 것이다.

거제의 섬앤섬길은 제주도 올레길, 지리산 둘레길과 함께 힐링 트래킹을 원하는 시민들과 관광객들에게 많은 호응을 얻었다. 거제 섬앤섬길 16개 코스는 단계적으로 만들어졌다.

한편 정부는 4,500km 코리아 둘레길을 계획하였다. 이 길은 DMZ 길에서 동해안 남해안 서해안을 잇는 우리나라 국토를 한 바퀴로 연결하고 있다. 새로운 길을 만드는 것은 쉽지 않다. 코리아 둘레길은 별도 토목공사 없이 기존 길을 최대한 활용한다. 친환경적 걷기 길 네트워크를 구축하겠다는 야심 찬 계획이다. 코리아 둘레길에 거제 구간도 포함되어 있다. 힐링과 트레킹 열풍 관광트렌드에 맞추어 얼마든지 관광 명소가 될 수 있는 세상이다.

거제 섬앤섬길은 문화와 역사를 조명하고 스토리텔링이 녹아 있는 걷는 길이다. 힐링을 추구하는 현대인들은 나만의 시간을 즐기려는 경향이 강하다. 옥포만을 바라보며 걷는 길 또한 관광자원으로 전혀 손색이 없다. 충무공 이순신 만나러 가는 길은 한화 오션 옥포조선소를 가장 가까이에서 조망할 수 있는 장점도 있다. 오대양을 누비는 대형 상선과 해양플랜트 건조물을 보는 것만으로 감격을 느낄 수 있을 것이다.

옥포만의 수려한 바다 풍광과 옥포대첩 승전의 역사는 유구하다. 조선수군이 첫 승전의 기쁨을 안고 넘었던 승판재와 옥포대첩 승전기념탑, 옥포대첩의 이모저모를 한눈에 관찰할 수 있는 전시관과 옥포대첩의 영웅 이순신 장군 영정과 22 공신을 모신 효충사를 둘러보면 절로 나라사랑의 충혼이 마음 속에 절로 새겨진다. 이처럼 옥포만은 구국의 성지로써 충혼의 역사문화 스토리텔링이 가득하다.

옥포대첩기념공원에 들어서자 물령망동 정중여산(勿令妄動 靜重如山) '가볍게 움직이지 말고 태산처럼 침착하게 행동하라 '이순신 장군의 장엄한 음성이 들려오는 듯하다. 1997년 조성된 공원은 28년의 세월이 흐르는 동안 제대로 된 투자가 이루어지지 않아 거제시민과 관광객의 발길이 멀어지고 있어 아쉬움이 많다. 새로운 감각으로 리모델링이 이루어져야 한다. 일본 대마도를 육안으로 바라볼 수 있는 '옥포대첩 전망대' 설치도 검토해 볼 만하다. 이순신 리더십 강좌와 전국 규모 대회를 열 수 있는 국궁장, 충효체험 프로그램 등 다양한 역사 체험의 장으로 펼쳐야 한다.

옥포대첩 해양관광단지는 또다른 관광인프라를 구축하는 일이다. 전적으로 민간투자 방식으로 추진되고 있다. 해양관광단지 조성은 옥포동 산1번지 일원 629,835㎡ 규모로 지난 2014년 6월부터 시작되었다. 기본계획 수립 이후 경상남도와 거제시가 MOU를 맺고 사업허가 절차를 수행하고 있다. 본 사업이 본격 궤도에 오르기까지 매우 더디게 추진돼 왔다.

옥포대첩기념공원 리모델링과 연계하여 애국혼을 고취하는 역사문화 관광지로 추진되고 있어 기대하는 측면이 강하다. 나라의 운명을 바꾼 옥포대첩의 충혼 정신을 일깨우는 일이다. 필자는 구국의 성지 역사문화를 대내외에 알리기 위한 독창적인 관광단지 개발에 크게 공감한다. 충무공 이순신 장군과 선조들의 충혼이 서린 옥포만의 역사문화는 미래 후손에게 물려줄 위대한 유산이다. 거제를 세계적인 관광도시로 펼쳐나가야 할 사명을 구국의 성지 옥포만에서 찾아야 한다.

전기풍

시인. 현대시문학 신인상, 순리문학상, 경남대 사회복지학 석사, 행정학 박사, 거제문협, 경남문협회원, 거제시 사회복지협의회 초대회장, 경남도의원. 〈선진문물과 평원〉 외 다수

서복 동도와 거제 서복문화 자원 활용
徐福 東渡와 巨濟 徐福文化 資源 活用

1. 서언

서복문화는 2000년이 훨씬 넘는 오랜 세월 동안 기록 또는 전설로 그 맥이 이어져 오고 있다. 21세기인 오늘날에 와서 서복문화가 세인의 관심을 끌게 된 것은 서복문화의 본질이 문화의 융합, 평화의 향유, 건강과 장수 사상이며 이는 인류가 갈망하고 추구하는 것이기 때문이 아닌가 한다.

우리나라에서의 서복은 '진시황의 불로초를 얻기 위해 왔다.'는 정도의 전설에 대한 상식이 전부였다.

전설은 구전되어 오는 역사의 그림자이다. 소설 「관부연락선」을 쓴 작가 이병주 선생은 '기록이 햇빛에 바래지면 역사가 되고 달빛에 물들면 신화가 된다.'고 했다. 역사의 그림자인 전설이 때로는 역사로 자리 매김 되기도 한다.

중국 정사에서 서복 동도의 출발지에 대한 명확한 기록은 없다. 미지의 대해에 배를 띄운 서복은 항해의 도전정신으로 동아시아 문화에 새로운 바람을 전달하였기에 동도한 곳에 머물다간 흔적을 찾아 나서고 있다.

사마천의 「사기(史記)」, 「진시황본기」를 놓고 中·韓·日 3국이 동아시아 문명교류의 해상실크로드 '일대일로(一帶一路/One belt One Road)'라는 차원에서 새로운 관계망을 모색하고 있다. 고대의 문명교류를 徐福이라는 인물을 매개체로 삼아 21세기 관점에서 요청되는 공동문화를 구축하는 것이 공통된 목표의식이라 할 수 있을 것이다.

이에 徐福 東渡와 거제의 서복문화 자원을 고찰하고 관광 상품에 대하여 살펴 보고자 한다.

2. 서복 동도

서복은 제(齊)나라 산동성 사람으로 기원전 255년에 태어났다. 어려서부터 학문이 뛰어났으며 30세를 전후하여 방사(方士)로 이름을 떨치기 시작했다.

서복이 35세가 되는 BC 221년 전국시대 7웅 중 가장 강력했던 진(秦) 나라는 제나라를 마지막으로 멸망시키고 천하를 통일했다. 제31대 왕 영정 때의 일이다. 영정은 스스로 황제라 칭하고 첫 번째 황제라는 뜻으로 시황제라 부르라고 명하였다.

진시황은 불로불사 즉, 장생을 염원했다. 방사 서복은 진시황에게 삼신산에 가면 불로초를 구할 수 있다고 하여 BC 219년 첫 번째 동도했지만 실패했다. 서복이 두 번째 동도를 위한 치밀한 계획을 세우는 동안 진나라는 혼란에 빠져들었다. BC 213년 승상 이사(李斯)의 주청으로 역사, 의술, 농경에 관한 것을 제외한 모든 서적을 불태우는 분서(焚書)가 일어났다. 그리고 이듬해 방사 후생과 노생에게 불로초를 찾으라 했으나 이들은 분서한 진시황을 비난하며 도망쳐 버렸다. 이에 분개한 진시황은 유학자 460명을 생매장하는 갱유(坑儒)를 일으켰다. 이것이 분서갱유(焚書坑儒)이다. 황태자 부소가 진시황에게 간언했지만 대장군 몽염이 있는 북쪽 국경으로 유배되고 말았다.

진시황은 흉노족의 침입을 염려하여 만리장성을 쌓았다. 150만 명이 동원된 이 역사에서 수많은 사람들이 죽어갔다. 그리고 아방궁을 짓고 70만 명의 인력을 동원하여 여산 전체에 자신의 능묘를 건설하도록 했다. 이러한 대규모의 토목공사로 인해 국가의 재정은 거덜났고 끊임없는 학정으로 민심의 이반은 극에 달했다. 폭정에 위기감을 느낀 서복은 자신의 미래를 생각하고 9년 동안 두 번째 동도를 준비했다.

진시황에게 동남동녀 3천명과 각기 다른 분야의 百工과 함께 떠나겠다며 오곡의 종자를 해신에게 바치면 불로불사의 약을 구할 수 있다고 했다. 진시황은 비장한 서복의 상소를 듣고 이를 허락했다. 서복은 BC 210년, 160척의 배로 5천 명의 일행과 함께 산둥

반도 상산현 남야에서 출발했다.

그 무렵 진시황은 여러차례 순시를 나갔는데 5차 순시 도중 사구평(砂丘平/지금의 하북성 평향현)에서 병사했다. 재위 37년, 기원전 210년 7월 병인(丙寅)일이었다. 나이는 49세, 황제가 된 지 12년 만이었다.

그때 한반도는 고조선시대였다. 선사시대부터 중국대륙과의 관련이 깊었고, 특히 위만의 침입과 한무제의 침입으로 중국과의 접촉이 많아지고 한사군의 하나인 낙랑군에서 중국문화가 이식되었다.

중국인들은 고조선의 여러 종족을 포함하여 중국의 동쪽에 있던 민족을 동이라고 불렀는데, 동이에 대하여는 다른 이민족보다 문화의 수준이 높다고 생각하여 친근하게 여기고 있었다.

서복이 배를 타고 항해한 것이 2220여 년 전이라는 기록이 있다.

이탈리아 제노바 출신 콜럼버스가 1492년 8월 3일, 산타마리아호, 핀타호, 니냐호 3척에 120명의 승무원을 태우고 팔로스 항구를 떠나 신대륙을 발견한 것이 지금부터 530여 년 전이다. 서복은 이보다 1,700여년 앞서 신대륙으로 항해를 하였으니 실로 대단한 모험이 아닐 수 없다.

秦朝의 압박정치에 불만이 폭발한 시대, 진시황의 불로초 원망을 이용하여 대담하고 조직적으로 이루어진 서복 동도 항해는 이를테면 해외 이민 계획이었다.

과학적인 해류와 조류를 분석한 서복 일행은 중국 양자강 인근

낭야에서 출항해 직항 해류를 따라 조선반도의 서해안으로 님하
했다. 전라남도 도서지방과 경상남도 도서지방을 순회하면서 흔
적을 남겼다. 구례군 서시천, 냉천, 남해군 상주면 두모, 남해군
미조면 설리, 거제도, 제주도를 거쳐 일본 가고시마 구시끼노에
도착했다. 한반도에서는 경남 남해, 거제, 부산 영도, 울산을 거쳐
경주에 이르기까지 서복의 유산이 산재하고 있다.

일본에서는 각지에 선진 문명을 연 역사적 인물로 기록되고 있
다. 2,200여 년이 지난 지금까지도 사당을 모시고 신으로 섬기고
있을 정도이다. 야마나시현 휴지요시다(山梨県 土吉田)에선 방직
의 신, 아오모리현 미사와시(青森県 三沢市)에서는 항해와 풍어의
신, 와카야마현 신구시(和歌山 新宮市)에서는 의학의 신, 사가현 사
가시(佐賀県 佐賀市)에서는 농경의 신, 교토부 이네정(京都府 伊根
町)에서는 질병 치유의 신으로 모시고 있다. 일본 각지에는 30여
개의 서복 유적이 있으며 지금까지도 역사적인 영웅으로 추앙받
고 있다.

3. 巨濟의 서복문화 자원

경상남도 거제시 남부면에 있는 해금강은 갈도(葛島)로 불렸다.
예부터 칡이 많아서다. 갈도의 서쪽 우제봉(雨祭峯) 암벽에 "徐市
過此"라는 마애각이 있었다. 이 마애각이 1959년 사라호 태풍에
떨어져 나갔다고 한다. 떨어져 나간 부분은 10~20cm의 편층(片

層)으로 갈라지듯 떨어져 나갔고 그 넓이는 족히 3제곱미터가 된다. 떨어져 나간 부분은 기존 암벽의 색깔과 서로 상이해 육안으로 판별된다. 이 우제봉의 마애각(磨崖刻)이 현존한다면 모르긴해도 남해 양아리 암각 이상의 가치로 평가되련만 안타깝기만하다.

전설로만 전해오던 갈도 마애각에 대한 탁본 기록이 발굴되었으니 바로 '葛島石刻歌'이다. 가오고략(嘉梧藁略)은 조선조 고종 때 영의정을 지낸 월성(月城) 이유원(李裕元) 선생의 문집이다. 이 가오

우제봉

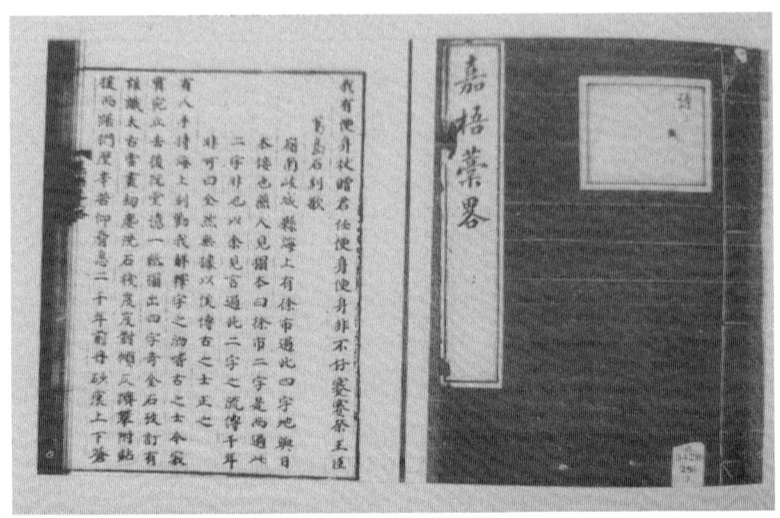

갈도석각가와 가고오략

고략에 '갈도석각가'가 실려 있음을 거제유배문학을 연구하는 고영화 선생이 발굴하였다. 이에 필자가 서울대학교 규장각에서 마이크로 필름으로 저장된 '가오고략'을 열람 끝에 이를 복사하였고 〈巨濟島 葛島 磨崖刻 眞實〉이라 題한 논문을 국제서복학회에 발표한 바 있다.

이유원의 갈도 석각가는 68행에 이르는 서사시로 내용이 풍부하고 서사가 명확하고 특히 '徐市過此' 石刻에 대한 묘사는 생생하고 분명하다.

'徐市' 두 글자는 비록 옛 문자이기는 해도 알아볼수 있지만 나머지 두글자는 도저히 알 수 없었다는 얘기다. 세월의 흔적인 이유도 있었으리라 생각된다(여기서 '徐福'과 '徐市'은 같은 사람임을 밝힌다. 한자어의 중국 발음으로 福과 市은 퓨로 읽힌다).

이유원은 1881년 거제도 유배 때 직접 해금강에 배를 타고 가서 탁본한 후에 갈도석각가를 지었다. 당시 조선의 10대 갑부에 속한 이유원은 유배중임에도 기성현령(거제현령)의 극진한 대접을 받고 거제도 명승지를 유람하였다.

이유원의 거제도 유배시기(1881년)는 제주도 서귀포 정방폭포의 "徐市過之" 탁본기록을 남김 제주목사 백낙연(白樂淵)의 재임기간 (1877-1881)과 같은 시기임은 눈여겨볼 대목이다.

"徐市過此" 탁본의 존재 여부를 경주이씨 문중에 확인하였으나 국란으로 행방이 묘연하다는 답변을 들었다.

4. 거제의 서복문화 자원에 대한 관광 상품 개발

관광산업은 현대사회에 있어 굴뚝없는 유망산업으로 선진국과 후진국을 막론하고 국가의 주요 시책으로 추진되고 있다.

거제시에는 조선산업의 대체 산업으로 관광사업이 주목을 받고 있다. 거제에서의 서복문화 관광시설과 전망에 대하여 살펴보기로 한다.

가. 우제봉 전망대

거제시에서는 해금강 주차장에서 우제봉 정상까지 왕복 2km의 둘레길을 조성하고 전망대를 설치했다. 전망대에선 그 옛날 서복이 노닐었을 해금강의 절경과 심신을 소쇄하는 벽파수도를 조망

할 수 있다, 해금강의 진입로엔 가로등을 서복상으로 디자인했다.

나. 거제장가계

"몽유도원도(夢遊桃源圖)"란 그림이 있다. 현재 일본 天理大 중앙 도서관에 소장되어 있는 이 그림은 1447년 조선 세종대왕 셋째아들인 安平大君(1418~1453)이 꿈에 桃源을 보고 이를 화가 안견(安堅)으로 하여금 그리게 한 것이다.

그런데 이 그림의 배경이 중국 후난성 張家界로 알려져 있다. 15세기에 안평대군이 중국의 장가계를 다녀왔을리 만무하다. 더구나 천하절경 장가계는 근간에 와서 세상에 알려졌다. 그 꿈의 배경이 장가계였음은 놀라운 일이 아닐 수 없다.

필자는 서복을 연구하면서 서복이 꿈꾼 이상향이 장가계가 아닌가하는 생각을 갖게되었다. 두차례나 장가계를 다녀 온 후 이를 재현해 보리라는 당찬 꿈을 가졌다.

15년 세월동안 4m에서 10m에 이르는 石柱 1,000여 점을 천신만고 끝에 제작했다.

실물의 장가계를 미니어처한 것으로 석주에 이끼와 착생식물 관상수를 착생시켜 볼거리를 창출했고 제작기법을 특허등록(석부작용 입석 및 그 제조방법, 제10-095534호)하였다.

다. 인상석

서복은 동남동녀(童男童女) 3,000명을 데리고 동도했다. 인상석(人相石)은 사람 얼굴 형상을 하고 있는 돌, 즉 인물석에 몸통돌과

몽유도원도

거제 장가계

기단석을 이어붙인 것이다. 3,000점의 인상석은 천태만상을 떠올리게 하는 것으로 보는 이를 매료시키고 있다.

저 유명한 스페인의 피카소(1881-1973)는 '정교한 그림을 그리기는 어렵지 않았다. 도로 어린아이가 되는데 평생이 걸렸다'는 말을 남겼다. 그 피카소가 이 인상석을 보았다면 모르긴 해도 몇 번은 무릎을 쳤으리라 예견되는 해학이 넘치는 인상석이다.

필자는 서복이 동행한 동남동녀 3,000명을 인상석 3,000명으로 재현시켰다.

라. 관광상품

현대를 일컬어 100세 시대라고 한다. 고령화 시대가 된 오늘날

인상석(서복이 동행한 동남동녀 3,000명을 거제자연예술랜드에 필자가 직접 인상석 3,000명으로 재현한 작품).

웰빙에서 웰다잉까지 최대의 관심사가 되었다.

(1) 장수식품 개발

거제서복회 박찬근(朴贊根, 78세) 회원은 50년 동안 농업에 전 삶을 바쳐온 사람으로 흑삼과 흑삼커피, 석곡차(石斛茶)를 개발하였다

○ 흑삼(黑蔘)

인삼을 구증구포하여 만든 흑삼은 검은색을 띠고 있다. 구증구포는 강한 열로 찌고 말리기를 아홉 번 반복하는 전통적인 발효식품 제조방법이다. 박찬근 회원은 난이도가 극에 달하는 인삼의 구증구포 제조법을 터득하여 흑삼을 만들고 있다.

○ 블랙진생커피

커피원두를 구증구포 발효시켜 폴리페놀(polyphenol) 계통의 클로로겐산(chlorogenic acid)이 다량 함유하도록 하여 항산화 작용, 세포재생, 혈액 순환, 콜레스테롤 감소, 혈당수치 감소, 체지방감소에 효능이 좋은 것으로 알려져 있다.

○ 석곡차

석곡은 덴드로비움속(Dendrobium속)으로 분류되고 있다. 거제의 석곡에 대해서는 〈거제도에서의 서불전설과 불로장생초〉라 題하여 일본 "佐賀 徐福 國際심포지움(2008)"에서 발표한 바 있다.

석곡(石斛)은 본초학의 고전인 본초강목(本草綱目)에 의하면
"석곡은 신체가 허약하여 血과 津液과 기력이 끊기거나 부족하
면 이를 보완하여 준다. 위를 연하게 하고 피부의 나쁜열과 땀띠,
다리와 무릎이 아프거나 차갑고 감기로 인해 약해지는 것을 쫓아
내는데 오래도록 복용하면 장과 위를 부드럽게 하고 마음을 안정
시키고 두려움을 없애준다."고 했다.

일본에서는 산사에서 스님들이 석곡으로 만든 차를 마시고 장
수하엿다고 하여 원예화된 석곡을 장생란(長生蘭)이라 부른다.

박찬근 회원의 石斛茶는 중국 산동성 방송국에서 석곡 관련 방
송이 2부작 특집으로 방영되어 명성이 중국에까지 알려졌다.

석곡

5. 거제서복회 소개

거제서복회는 지금으로부터 18년 전인 2007년 7월 15일에 창립(창립회장 이무홍)되어 오늘에 이르고 있다. 창립 5주년에는 〈거제 서복연구〉 논문집을 발간하였고 창립 10주년에는 〈중한일 서복문화 콘텐츠 개발 국제 학술 심포지움〉을 개최하였다.

중국 연운항시 서복회와 일본 야매시 서복회와 자매결연을 체결하여 교류하고 있다. 일본 야메시 서복회와의 자매결연은 거제시와 야메시와의 자매결연으로까지 성사시켰다.

거제 서복회에서는 중국과 일본 국제 심포지엄에서 거제를 알려 국제서복학회에서 주목을 받았다.

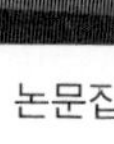

논문집

학술 심포지엄 표지

6. 결어

서복은 전설적인 인물이 아닌 역사적 실존 인물로서 동아시아 뿐만 아니라 세계적으로 추앙받아야 할 위인이나 아직까지 전설적 인물로 알고 있는 사람들이 대부분이다. 특히 젊은 세대에 더욱 그러하다.

앞으로 서복에 관한 연구는 더욱 활성화되어야 하고 그 연구 결과는 동북아의 교류 확대로 이어지고 공동 번영의 토대는 물론 인류가 지향하는 평화와 행복의 초석이 되어야 한다고 믿는다.

이성보

거제출생, 〈현대시조〉(1989)등단, 신한국인상, 현대시조문학상, 거제
예술상, 경남예술인상, 한국난문화대상, 거제문인협회 회장(전)동랑
청마기념사업회장(전), 향파기념사업회 이사장, 거제자연예술랜드 대
표. 시집 〈바람 한 자락 꺾어 들고〉 외. 수필집 〈난을 캐며 삶을 뒤척이
며〉〈세상인심과 사람의 향기〉 외 다수

지명으로 본 방답진 고찰

역사적으로 방답진(防踏陣)은 진정 존재했는가?

정확한 기록은 없다. 다만 임진왜란 전에 진을 여수 돌산으로 진이 옮겨갔다는 기록이 여산군지를 비롯해서 몇 군데에 존재할 뿐 구체적인 기록은 아직은 없다.

거제시 둔덕면 하둔리와 어구리 중간에 방답(芳踏)마을이라는 지명이 분명 존재하고 있다. 그래서 여기가 방답진이 있었지 않았나 짐작만 한다. 옛날 간척사업이 이루어지기 전에는 바다를 낀 갯마을이었다. 둔덕천이 휘돌아 내려오다가 방답 앞을 지나 쇠널 끄트머리 방조제 수문이 있는 곳으로 하천이 흘렀단다. 만조시에는 바다였지만 썰물 때는 광활한 개펄이 펼쳐진 가운데, 방답마을 앞으로만 깊게 수로가 형성되었었다. 온 둔덕골 사람들이 갯벌에서 개발을 해서 먹었단다. 우럭조개, 맛조개 낙지와 속들이 많이 났단다. 훗날 갯논을 복토하기 전에 우리들이 어릴 적에는 쟁기 끝에 걸려 나오는 죽은 조개의 사체가 원형 그대로 나오는 걸 쉽게 볼 수가 있었다. 둔덕면지에 보면 방답 마을의 유래를 '갈대꽃이 만발하면 장관이었다고, 꽃다울 방(芳)자에 밟을 답(踏)자를 써서 방답이라 한다.'고 적혀 있다.

일제 강점기 때 서택삼랑이라는 일본 사람이 간척사업을 벌여서 바다를 막았는데, 농토를 만들다 보니 휘어진 둔덕천 물길을 직선으로 만들었다. 전하는 말에 둑이 터져 몇 번의 실패를 거듭한 끝에 성공하였단다. 내 어렸을 적에는 갯논이라 불렀고, 근대에 와서 나라에서 물이 잠기던 낮은 저지대의 무논들을 복토를 하여 우량농지로 만든 바람에 옛날의 무논들을 볼 수가 없다.

그 당시만 해도 가을걷이가 끝난 무논에 청둥오리 떼가 하늘 가득히 날아왔다. 널따란 개펄을 막아서 논을 만들었고, 반 정도는 조류지로 남아있었다. 또 천일염전을 만들어서 소금을 구웠다. 내 부친께서 염전에서 일을 하셨다. 고인 빗물을 퍼내는 차 기계 엔진을 돌리셨다. 어릴 때 펜치로 뱀장어 한 마리 물려서 어머니에게 갖다주는 심부름을 하였다. 저지대는 3년에 번 꼴로 벼수확을 성공 할 수가 있었다. 오리고를 놓아서 청둥오리를 잡아 무채 썰어 넣고 오리국을 끓여서 단백질 보충을 하였다. 우리 논도 한 필지가 있었는데 쟁기질한 논에 죽은 조개껍데기가 하얗게 널려 있는 것을 볼 수 있었다.

그리고 방답마을에는 '선창 배미"라 불리던 논이 두 곳에 존재한

다. 첫 번째가 방답마을회관 앞에 있는 하둔리 483-3이 선창도가
리였다. 또 한 곳은 내가 사는 집 앞 하둔리 587-2번지가 선창도가
리이다. 나의 조부님께서 자망업을 하면서 배를 매었다고 들었다.

어구마을을 외인금이라 부른다. 고려 18대 왕인 의종이 둔덕으
로 피난와서 생긴 이름이다. 한편으로 어구 마을에 들어가기 전
에 바닷가에 금굴이 하나 있다. 일제강점기 금굴이 아니고 6.25가
발발하기 전에 금을 캐던 곳이란다(어구출신 김화성씨의 증언, 통영
거주). 금이 나오지 않아서 금은 왠금(무슨 금)이라는 말이 생겨서
'왠금'이'외인금'으로 변음됐다는 말도 전한다. 또 쇠널이라는 지
명이 남아 있다. 어구가기 전 길가에 칠성이라는 젓갈공장 간판이
보인다. 그곳에 자갈밭이 하나 있다. 쇠널이란 순수 우리말로서
쇠로 된 널빤지를 말한다. 현대어로는 철판이다. 인근에 조선소

협력업체인 철판을 절단하여 배의 밑부분인 용골을 만드는 JK공장도 생겼다. 참 신기하다. 이곳 사람들은 쇠널밭이라 부르며 수백년을 경작하며 전해져 내려왔기에 다행히 지명이 남아있다. 오래전 내가 그 앞에서 소를 키울 때 농장 이름을 쇠널농장이라 지었다. 옛지명을 잃어버리지 않고 보존하기 위해서이다.

이러니 고려 때는 어구마을 입구에는 외인출입금지(外人出入禁止)의 준말인 외인금(外人禁)이라는 간판과 함께 병사들이 지키고 있었지 않았을까 짐작이 된다.

또 방답마을에는 '예담부랑'이라는 지명이 남아 전한다. 예담부랑은 해석하면 오래 된 담장이라는 뜻이다. 그러나 정확히 어딘지는 모른다. 흔적이 남아있지 않기 때문이다. 오리밖이라는 지명이 있는데. 그곳이 아마도 예담부랑과 연관이 있지 않을까 어림잡아 짐작만 해본다. 지금 내가 살고 있는 하둔리 587번지 일대를 무굼턱(물굼턱)을 내가 작답을 하였다. 오리밖과 무굼턱은 붙어 있다. 조부로부터 대대로 물려받은 조상의 유산이다. 작답할 시에 몇 가지 유물이 나왔는데, 하나가 배를 모을 때 배밑에 받쳐 깔던 보탑이 나왔고, 연장을 갈던 숫틀이 나왔고, 또 하나는 청동기 시대의 유물(전 동아대 박물관장 심봉근박사의 감정)인 막사발 밑부분이 나왔다. 다 없어지고 사발 밑부분만 보관하고 있다. 농담으로 심박사님께 가격이? 말 못한다고 했다. 거제박물관이 둔덕에 생기면 틀림없이 기증할 것이다.

옛부터 방답마을은 돌이 많았다. 그 돌들을 하둔천 둑방(하천공사)을 만들 때도 이고 지고 팔아먹은 것을 보았고, 친구 태종이 집

옆에는 덜거랑과 덜거랑밭이 있었다. 석공들이 돌을 깨어서 목도꾼들이 지에무시 미군 차량으로 수도 없이 실어 나르는 것을 보았다. 어린 우리들은 목도꾼들이 내는 소리를 따라 하며 논 기억이 난다. 아마 예담부랑이라 불리던 그 돌들은 이래저래 다 훼손되었지 않았나 싶다. 예를 들어 작은 보(堡)정도의 성돌들이 있었고 나무 방책이 남아있었을 텐데 아쉽게 다 없어졌지 싶다. 어찌 되었던 역사기록에는 한 줄도 남아 있지가 않다. 다만 학산(영등)에는 만호 송덕비가 어느 집 뒷마당에 반쯤 묻혀 있고, 거북선 같은 배들이 정박해 있는 수군진 영도가 문헌에 선명히 남아 있는 것은 보았다. 그러나 방답진에 관한 증거 문헌은 어디에도 없다.

구전으로 전해 내려오는 어구마을의 지명들(논, 밭)

어구(외인금)에도 진이 있었다는 기록은 한 줄도 없다. 그런데 수군진이 있었단다. 그 증거들이 구전으로 전해 내려 온다. 하나하나 살펴보면 어구 들어가는 초입에 멍개물량장이 있다. 마을 표지석이 서있는 약간 튀어나온 그곳을 '소내끝'(현지인 발음 '소나끝')이라 부른다. 유추해보면 해상검문소의 끝, 즉 '소내끝'(所內終)이 아닐까. 다음에 '진밭'이라 불리는 지명이다. 마을 중앙에 위치한다. 즉 수군진이 있었다는 곳이 된다. 그다음으로 '핵터'(현지인 '핵토 밭')이다. 즉 핵터(劾址)이다. 핵자가 케물을, 꾸짖을 핵(劾)자이다. 수상한 배를 잡아다가 취조하던 곳이라는 뜻이다. 또 사장터

(射場地, 현지인들은 새장터라 한다) 병사들이 활쏘는 곳이다. 다음으로 훈음터(訓音地)밭이다. 군사들 정신교육하며 가르친다는 뜻이다. 이 모두가 지금의 중앙수산 자리 주변이다. 어구 마을이 끝나는 곳에 김화성씨 논이 있던 곳이 복선개(覆船浦)이다. 해적선이나 왜구를 잡아다가 배를 꺼집어 올려서 뒤집어 놓았거나, 혹은 배를 연한(배 밑바닥에 붙은 따개비나 이물질을 청소) 하던 곳이다. 혹자는 그 곳이 물살이 새어서 돛단배(풍선배)가 뒤집어져서 그렇게 불렀다는 설도 있다. 그러나 그것은 어디 까지나 추측일 뿐이다. 그 바로 옆에 한산도 동좌리와 가까운 아지랑 치끄트머리가 있다. 원래 아지랑이 아니고 '아지령'(衙止嶺)이었는데, 변음이 되었단다. 관아가 끝나는 고개라는 뜻이란다. 또 조금 툭 튀어나온 옆으로 돌아가면 '고무실'(鼓舞室)즉 적선이 출현하면 북을 쳐서 위

험을 알리던 곳이란다. 또 그 위 산으로 올라가면 봉화불을 올린 흔적이 있단다. 너럭바위가 꺼멓게 그은 흔적이 아직도 남아있단다. 그 봉화는 인근 불섬(화도)이나 용화산으로 연결되어 적선의 출현을 알렸다고 한다.

한편 아지랑을 주욱 돌아서 한참 가면 법(法) 법자를 쓰는 법동(法東)이라는 마을이 나온다. 법을 집행하는 사람들이 사는 동쪽에 위치한 마을이라는 뜻이란다(외인 출입을 금지한 해상검문소).

이런 여러 정황들을 볼 때에 방답과 어구는 한 마을이었지 않았나 하는 짐작이 간다(이상 외인금 지명 부분은 어구리 출신 김화성 씨의 구술 및 메모에 의해서 재구성하였다).

전라남도 여수시에 가면 둔덕동이 있다. 차를 타고 가다 보면 둔덕동사무소와 둔덕자치센터를 볼 수 있다. 우연일까? 여수 돌산에도 방답진이 있다. 거제시 둔덕면 방답에서 옮겨왔다고 전한다. 그곳에는 확실한 진이 임진왜란 때 있었다. 비근한 역사기록에 방답진첨사 李純信이 나온다. 조선 시대에는 진이 옮겨가면 그 진 이름을 그대로 가지고 갔다.

그 비근한 예로 옥포로 옮겨간 진이 '조라진'이다. 그래서 처음 있었던 지세포를 구조라로 부른다. 또 둔덕 학산을 옛날에는 영등이라 불렀는데, 장목면 구영에서 옮겨왔다는 뜻이다. 그래서 학산을 신영등이라 불렀고, 장목 있는 것은 구영등이라 불렀다. 학산이라 부른 것은 뒷산이 학이 비상하는 형국이라 하여 학산으로 고쳤다. 그 비학산을 현지인들이 변음으로 별학산이라 부른다. 그것은 '비학' 발음이 '별학'으로 바뀌었을 뿐이다. 제대로 된 이름을 부르고 기록하도록 하여야겠다. 또 고성 오아포진을 동부 가베리에 옮겨서 오아포진이라하여 경상우수영 자리이며, 잠시 잠깐이나마 최초 삼도수군통제영 자리인 것만은 틀림없다(이순신 장군의 오아포(가베량)를 둘러보고 매우 칭찬한 말에 기인한다).

이런 정황들을 미루어 짐작해 볼 때 여수 돌산의 방답진은 둔덕면의 방답에서 옮겨 간 것만은 확실하다 하겠다. 그래서 방답진이 확실하게 어구와 방답에 걸쳐 있었다는 사실이 수백년 전해 내려오는 지명을 연구 분석해 봄으로써 유추가 가능하다 하겠다.

나의 의견이 발판이 되어 방답진의 존재 여부가 하루속히 밝혀졌음한다.

김현길
거제시 둔덕 출생, 2005년 〈시사문단〉 시, 2013년 〈수필시대〉 수필, 2015년 〈현대시조〉 시조 등단, 시집 〈용포예찬〉 〈두고 온 정원〉 〈나의 전생은 책사〉 장편소설 〈임 그리워 우니다니〉. 거제문협 이사, 동랑 청마기념사업회 부회장

거제교육 심벌마크, 제작의 여정

거제에 심은 씨앗 한 톨

30여 년 전 우리 부부는 창원에서 거제시교육청 산하로 발령을 받고서 거제에 처음 발을 디뎠다. 뜰에 들어서자, 바람에 펄럭이는 깃발이 먼저 내 눈을 사로잡았다. 국가기관을 상징하는 무궁화 문양의 깃발이었다. 그때 난 "거제의 자연과 정신, 그리고 교육의 이상을 담아낼 거제교육만의 상징이 무얼까"하고 중얼거리기 시작했다. 그날로부터 싹을 틔운 한 톨의 씨앗이 거제교육의 뿌리를 내린 지 벌써 오래다.

1. 공모의 여정 시작

2009년 어느 날, 학교로 한 통의 공문이 도착했다. 『거제교육지원청 심벌마크 공모』라는 제목을 보는 순간, 머릿속에 섬광이 스쳐 지나갔다. 오랫동안 마음속에 품어 왔던 생각이 현실로 다가온 것이다.

"이건 우리 부부가 함께 힘을 모아 볼 수 있겠는데요."

나는 설레는 마음으로 공문을 들고 집으로 달려가 남편에게 말했다. 교사이자 대한민국미술대전 초대작가(대한민국미술대전)인 그는 한자와 한글의 의미와 조형미를 연구했고, 교사였던 나 또한 산업디자인학과를 다니며 틈틈이 생활 속의 미학을 연구했다. 이에 우리는 남다른 열정으로 공모전에 도전할 수가 있었다.

그로부터 우리의 관심은 언제나 도시의 조형물에 머물렀다. 거리 곳곳에 어지럽게 놓인 건축물과 간판, 공원 조형물, 도로 옆 안전 펜스의 디자인과 색깔, 가로수의 배열까지 눈여겨보며 건설적이고 미학적인 대화를 나누었다. 외국 여행 때에도 깔끔하고 세련된 도시의 간판, 보도블록, 맨홀 뚜껑의 디자인까지도 관심을 가졌다. 특히 파리의 도로변 펜스가 인상 깊었는데, 색과 형태가 조화를 이룬 가운데 도시 전체에 안정감과 품격을 부여하고 있었기 때문이다.

'왜 내가 살고 있는 거제의 펜스는 구간마다 제각각일까? 디자인이 통일된다면 도시의 품격이 한층 높아질 텐데….' 이런 생각 속에 모름지기 내 삶의 터전이 된 거제시는 제 2 고향이 되었다. 아들과 딸 또한 마찬가지다. 그런 일상 속에 『거제교육지원청 심벌마크 공모』소식은 마음을 강하게 흔들었고, 우리는 공동작업을 시작했다.

2. 이미지를 '모자상(母子像)'으로

남편은 먼저 국내외의 다양한 심벌마크 사례를 수집해 두툼한 자료집을 만들었다. 매일 그 자료를 넘기며 형태의 의미와 상징성을 연구했고, 어떤 형상이 거제교육의 정신을 가장 잘 담아낼 수 있을지 고민하기 시작했다. 거제의 아름다운 자연환경을 표현하면서도, 거제교육의 특징과 철학을 함께 담아내기 위해서였다.

붓을 잡고 서예를 하던 그의 손끝에서 『GJ』라는 거제의 이니셜이 수없이 그려졌고, 그러한 과정에서 우리의 대화는 더 깊어졌다.

그때 내 머릿속에 돌연 떠오른 이름이 있었다. 바로 현대조각의 거장, 헨리 무어(Henry Moore)였다. 남편은 대학원 시절 헨리 무어의 작가론을 주제로 석사 논문을 쓴 바 있었다. 논문을 위해 그는 가족들을 이끌고 헨리 무어의 작품 세계에 영향을 준 자연환경을 직접 찾아 영국 곳곳을 여행했다. 야외전시장과 테이트 브리튼의 헨리 무어 전시관을 비롯해, 그의 예술관에 깊은 영감을 준 솔즈베리 평원의 스톤헨지까지 발걸음을 옮겼다. 그때 쌓아 두었던 자료들을 다시 펼치던 우리는 거제교육 심벌마크의 새로운 영감을 찾기 시작했다.

헨리 무어의 작품 세계는 '가족'을 주제로 한 조각들이 중심을 이룬다. 그중에서도 가장 인상 깊은 작품은 '모자상(母子像)'이다. 그는 어머니와의 원만한 유대 관계를 통해 사랑을 배우고, 그 사랑이 존중과 배려로 발전하며, 나아가 사회성과 자존감이 높은 인간으로 성장한다고 보았다. 그의 '모자상'은 지금도 많은 이들에게 깊은 감동과 영감을 주고 있다.

심블의 출발점이 된
헨리 무어의 모자상

'그래, 교육이 어머니의 마음을 닮는다면 그보다 더 높은 철학이 있을까.' 그런 깨달음 속에서 거제의 이니셜『GJ』안에 어머니와 자녀, 교사와 제자, 그리고 지역사회가 함께 어우러진 교육공동체의 형상을 담아내고자 했다. 어머니의 품처럼 따뜻하면서도 거제의 아름다운 자연이 스며든 모습을 표현하기 위해 수십 번의 스케치가 이어졌고, 파도처럼 생동감 넘치는 이미지를 완성하기 위한 노력은 끝없이 계속되었다.

3. 일러스트레이터 속에 깃든 손맛과 선의 멋

시간에 쫓기며 겨우 완성한 그림을 디지털로 옮기자, 매끈하지만 어딘가 차가운 이미지가 화면에 나타났다. '이건 우리가 바란 따뜻함이 아니야.' 하는 생각이 들어, 손으로 직접 그린 선을 다시

스캔하여 옮겼다. 그제야 손끝의 감성과 살아 있는 선의 온기가 화면 속에 되살아났다.

새삼 선의 진정한 아름다움은 손맛에서 비롯된다는 사실을 깨달았다. 채색 작업을 마치고 완성된 작품을 바라보니, 그 안에서 여러 가지 형상이 자연스럽게 떠올랐다.

전체적으로는 『GJ』의 이니셜 속에 어머니와 아이가 서로를 품은 듯한 따뜻한 모자상의 이미지가 드러났다. 그 안에는 거제의 아름다운 자연환경이 녹아 있었고, 디자인 속에는 파도, 태양, 사람, 그리고 시작과 가능성을 상징하는 알파(α)의 의미가 조화롭게 스며들어 있었다. 그렇게 철학과 마음을 담은 거제교육 심벌마크가 완성되었고, 그 작품을 출품할 수 있었던 우리는 더없이 행복했다.

4. 결과는 '당선작 없음'

아무리 기다려도 결과는 전해지지 않았다. 기다림 끝에 교육청에 전화를 걸자 돌아온 답은 『당선작 없음』이었다. 우리는 다른 출품자들 또한 같은 마음으로 결과를 기다리고 있을 것을 생각하며, 아쉬움을 대신해 사실 그대로의 결과를 공문으로 보내 달라고 요청했다.

그러나 후회는 없었다. 우리가 담고자 했던 의미와 마음은 이미 우리 안에 깊이 새겨져 있었기 때문이다. 그때 쏟았던 정성과 시간은 헛되지 않았다. 그것은 우리가 믿고 실천해 온 교육의 본질, 사랑과 헌신의 정신으로 남아 오늘까지 이어지고 있었다.

손으로 다듬어낸 심블의 초기 작품 중 하나

5. 진흙 속에서 다시 싹튼 심블마크

이후 2년여 시간이 흘렀다. 그러던 중 2011년 가을에 뜻밖의 소식이 전해졌다. 우리 부부가 교장 연수를 앞둔 즈음이었다. 그때 남편에게 전화가 왔다.

"지금 잠깐 나와 봐요."

갑작스러운 연락에 놀라 달려가니, 남편은 새로 부임한 거제교육장의 연락을 받고 교육청에 다녀오는 길이라고 했다. 그 교육장이 거제교육을 대표할 상징이 없다는 사실을 안타깝게 여겨 과거의 공모 자료를 살펴보았다는 것이다. 그때 우리가 출품했던 작품이 눈에 들어왔고, 약간의 수정만 거친다면 충분히 공식 상징으로 사용할 수 있겠다는 의견이었다. 진흙 속에 묻혔던 씨앗이 다시 싹을 틔우는 순간이었다.

그는 전통 오방색을 활용해 우리 민족의 혼을 담아내자고 제안했다.

『거제사람 거제교육』,『거제 얼 찾기』로 요약되었으며, 거제의 전통과 현대가 조화를 이루는 교육을 지향하고 있었다. 우리는 그 정신을 이어받아 색과 형태를 새롭게 다듬기 시작했다.

마치 잃어버렸던 보물을 되찾은 것처럼 기뻤다. 바쁜 일정 속에서도 제작은 다시금 속도를 더해 갔다. 그 과정에서 심벌마크에 담고자 했던 교육장의 사랑과 열정이 깃든 교육철학은 우리 모두에게 깊은 울림을 주었다. 그 진심은 우리 부부의 마음에 힘을 불어넣었고, 제작으로 지친 일상마저 잊게 하였다.

거제에 정착한 지 스무 해가 되던 해였다. 그런 만큼 거제는 우리 아이들을 진정한 거제사람으로 거듭나게 했고, 아름다운 자연 속에서 마음껏 꿈을 펼치게 했다. 우리 가족에게 은혜와 감사의 의미가 깃든 보배로운 땅이었다. 이에 거제의 정신과 품격을 담은 상징적인 심벌을 만들겠다는 각오를 다졌던 나날이었다.

6. 오방색(赤,靑,白,黃,黑)으로 한민족의 혼을 담다

색의 조화는 단순한 장식이 아니라, 철학이었다.

▶ 적(赤) : 태양, 생명, 열정

▶ 청(靑) : 바다, 희망, 진실

▶ 백(白) : 순수, 깨끗함, 정직

▶ 황(黃) : 중심, 풍요, 따뜻함

▶ 흑(黑) : 기개, 강인함

이 오방색을 조화롭게 구성하여 '거제교육 심벌마크'는 색채 언어로 탄생하게 되었다.

▶ 'GJ' 속에는 어머니가 아이를 안은 모자상

▶ 위의 붉은 점은 빛나는 태양

▶ 아래의 푸른 곡선은 거제의 파도

▶ 그리고 전체 형상은 으뜸을 뜻하는 알파(α) 모양, 꿈을 향해 달리는 형상

▶ 오른손 'J'는 학생들을 품어 안은 교육공동체 상징

보는 사람마다 각기 다른 이미지를 발견할 수 있는, 열린 상징의 디자인이 되었다.

거제교육은 『꿈을 키우는 학교, 함께하는 교육, 거제사람 거제교육』의 기치를 내걸고 새로운 도약을 하였다. 우리는 앰블럼, 문서, 깃발, 표창장, 홍보물 등 다양한 활용 분야에 맞춰 세부 규격을 체계적으로 정리해 제출하였으며, 서체·색상·비율의 통일된 규정도 마련했다. 이러한 표준안은 2012학년도부터 거제교육지원청 및 산하 모든 기관에서 사용되기 시작했다.

7. 첫 번째 감동

2011학년도 말, 거제교육지원청은 교육성과를 담은 연간지『거

제교육 97호』를 발간했다. 표지에는 새 심벌마크가 당당하게 자리하였고, 표제『거제교육』은 예전에 재능기부했던 남편의 친필이었기에. 그 책을 처음 손에 쥐던 순간은 감격 그 자체였다. 거제교육에 걸맞은 진정한 얼굴이라는 생각이 들었다. 그동안의 노력과 정성이 마침내 거제교육의 심벌로 형상화된 가운데 교사이자 작가로서의 자긍심도 한껏 되살아났다.

8. 가족의 손길, 그리고 감사

세밀한 완성도를 위해 일러스트레이터가 필요했지만 전문 소프트웨어 접근이 쉽지 않았다. 세밀한 작업을 위해서는 흔히 사용하는 포토샵으로는 작품의 질을 살릴 수가 없었다. 포토샵은 이미지를 축소하거나 확대하였을 때 이미지가 깨져버려 작품으로서의 가치가 없어지기 때문이었다. 이런저런 고민 중에 서울에서 공부 중인 아이들을 잠깐 방문하게 되었다. 고충을 들은 딸이 학교에서 제공하는 라이선스를 구해주어 무척 반갑고 기뻤다.

막상 시작해 보니 전문 프로그램으로 진행하는 고난도의 작업으로 기술적 구현이 어려웠다. 그때 중요한 시험을 앞둔 아들까지도 선뜻 도움을 주겠다고 나섰다. 온 가족이 합심한 가운데 심벌마크는 완성되었다. 각자 맡은 역할로 온기를 더했기에 더없이 소중했다. 단순한 디자인을 넘어, 가족의 추억과 사랑이 깃든 작품이었기 때문이다.

2012년 3월 5일, 우리는 '교육지원활동 유공자 시상식'에서 교육기부 공로로 감사패를 받았다. 거제에서 보낸 20년의 세월이 거

심볼마크 기본형

교육 기부 공로로 받은 감사패

제교육의 상징으로 남는다는 사실에 보람을 느꼈다.

예술에 대한 남편의 깊은 통찰과 디자인에 대한 나의 관심과 함께 거제교육을 향한 애정이 거제교육 심벌의 초석이 되었다. 하지만 교육장을 비롯한 거제교육지원청의 확고한 의지가 없었다면, 이 심벌마크의 탄생은 불가능했을 것이다. 버려졌던 작품에 다시 생명을 불어넣고 재탄생의 기회를 주신 거제교육장의 혜안을 잊을 수가 없다.

그로부터 거제교육의 심벌마크는 하루에도 수없이 우리 곁을 스쳐 간다. 공문서의 표지 위에, 서류 봉투 위에, 회의 자료의 첫 장에, 학생들이 받는 상장의 배경에, 그리고 각종 행사를 알리는 현수막 위에 당당히 자리하고 있다. 매일같이 거제교육지원청 청사 앞에서 자애로운 심벌마크로 드러나고 있다. 마치 우리 부부와 정겨운 인사를 나누듯 햇살 한 줌 머금고 펄럭인다.

9. 수업 속의 심벌마크

정년퇴임하고도 나는 인성교육 수업으로 아이들을 만나고 있
다. 수업 시간이면 거제교육의 상징인 심벌마크 이야기를 들려주
곤 한다. 심벌마크를 보여주고 아이들에게 거제의 자연이 보이냐
고 물으면. 위의 붉은 원은 뜨거운 태양을, 아래의 곡선은 출렁이
는 바다의 파도라고 대답한다. 금세 그 의미를 찾아내는 아이들의
예지력에 나는 깜짝 놀라곤 한다.

전체적인 형상에서 무엇이 보이는지 묻는다. 아이들이 사람의
모습을 떠올리면, 나는 "그럼, 그 사람이 누구일까?" 하고 살짝 힌
트를 준다. 그러면 아이들은 금방 "어머니가 아이를 품에 안고 있
는 것 같아요."라고 대답한다.

"이제, 어디를 향해 달려갈까요?"라고 물으며 칠판에 초성 'ㄲ'을

쓰면, 아이들은 한목소리로 "꿈!"이라고 외친다. 놀랍게도 그 답을 누구보다도 빠르고 정확하게 찾아낸다.

나는 미소를 지으며 확신에 찬 목소리로 말한다.

"여러분, 사랑을 가슴에 품고 거제의 바람처럼 힘차게 앞으로 나아가세요. 이곳, 거제는 여러분이 꿈을 이루기에 더없이 좋은 도시입니다."

아이들은 로고를 바라보며 눈을 반짝인다. 어느새 나의 가슴 속에도 사랑의 물결이 넘실거린다.

한 알의 씨앗이 열매 되어

가슴 속에 심은 작은 씨앗이 도전의 싹을 틔웠기에 우리 부부는 거제교육의 상징, 심벌마크를 만들어 낼 수 있었다. 세상에 어머니의 사랑보다 큰 사랑이 어디에 있겠는가. 우리가 담고자 했던 바로 그 의미, '어머니의 사랑'이었다.

"사랑받은 아이들아, 꿈을 향해 힘차게 날아 오르자!"

김순도
〈시사문단〉 시부문 등단, 거제수월초등학교 교장 역임. 정년기념문집 〈희망의 선생님〉. 거제문인협회 이사, 거제드림싱어즈합창단 단장, 거제해녀문화예술컴퍼니 대표

거제도, 거제 사람 이야기

연초초등학교는 한때 교사였던 내가 처음 부임한 곳이다. 46년 전만 해도 그곳은 도심 외곽 지역으로 학급당 40~50명 정도로 아주 작은 학교였다. 그때 2학년 꼬맹이들과 뒹굴고 복닥거렸던 교실 풍경이 오늘따라 눈앞에 아른거린다. 어디선가 나와 같은 세월을 보내고 있을 제자들 생각에 괜스레 설레는 마음이다.

그 무렵 "선생님 죽신~~"하면서 신문지에 뭔가를 둘둘 말아서 내밀었던 아이가 떠올라 피식 웃는다. 젓가락 길이의 얇고 부드러운 연노랑 막대기였다. 무얼까 하고 까보았더니, 풀 같은 것이었는데, 그것이 죽순이었음은 나중에야 알았다. 난생처음 본 죽순이었는데, 반찬으로는 먹을 수 없을 만큼 가녀린 새싹이었다. 그로부터 죽순만 보면 그때 그 제자 생각에 풋풋한 시절로 한참 거슬러 올라간다.

1979년 초등학교 2학년 제자들

곰곰이 생각하니, 초임지였던 연초초등학교에서의 1년은 좌충우돌 여교사의 열정을 충족시키기엔 너무 한가로웠다. 섬에서도 일을 많이 하고 싶었던 나는 틈만 나면 큰 학교로 떠날 궁리를 했다. 도전을 거듭한 끝에 나는 거제 중심지에서도 큰 학교로 발령받았다.

계룡초등학교에서 근무하면서부터 크고 작은 많은 성과가 있었다. 마치 일할 사람은 나밖에 없다는 듯 온갖 일들을 혼자서 감당해야 했다. 보고용 차트 만들기와 서류 준비로 새벽까지 일하는 건 예사였고, 현장연구 논문상을 수상하기도 했다.

그러던 어느 날, 거제도 출신 최초의 이○○ 군수님이 부임한 것

(위)1980년 계룡초등학교 합창 지도 중

(좌) KBS TV유치원 하나둘셋 김영만 선생님 종이접기 특강 후 기념사진

이다. 뜻밖에도 내 근무지인 계룡초등학교에서 거제지역 여교사를 위한 특강이 열렸다. 그 자리에서 군수님은 "여선생님들을 존경한다. 대우조선에 다니는 아들이 하나 있는데, 이렇게 생긴 나와 달리 우리 아들은 아주 잘 생겼다. 여기 선생님 중에서 며느리를 구하고 싶다."고 했다. 그러자 그 자리에 모인 여교사들은 모두 박장대소를 하며 깔깔거렸다. 유난히 몸집이 크신 군수님의 아들 자랑이 뜬금없었기 때문이다.

"사람의 운명이란 한 치 앞도 알 수 없다."고 했던가. 나와는 전혀 상관없이 흘러가는 일을 받아들여야 했다. 그 운명적 첫 단추는 합창단 지도를 맡으면서부터였다. 합창 담당 교사가 타지역으로 발령받고 떠난 그 자리에 햇병아리 교사였던 내가 겁도 없이 덜컥 그 역할을 맡았기 때문이다.

나는 수차례 마산과 거제를 오가며 마산 KBS 어린이 합창단 지휘자에게 사사를 받았다. 밤늦게까지 반주 연습도 하고, 5~60명의 합창단을 가르쳤다. 당시는 거제군 종합학예발표대회까지 있었다. 학교 명예를 중시하며 고군분투한 결과 2년 연속 거제군 합창 최우수상을 받았다. 합창지도 최우수 교사라는 명예가 나에게 주어진 것이다. 그때 합창과 독창으로 두각을 드러냈던 학생은 '거제 최초의 소프라노 황OO'으로 유명하다. 노래면 노래, 지휘면 지휘 등 최고의 경지에 올라선 제자가 자랑스럽다.

그런가 하면 운명처럼 나는 그 때 '대우조선 다닌다는 잘생긴 군수님 아들'과 맞선을 보았다. 뜻밖에도 교장, 교감 선생님에 의해 중매가 진행되고 있었던 것이다. 엉겁결에 이루어진 만남이라 거절할 수가 없었다. 결혼을 생각하기엔 너무 이른 나이였기에 부담 없이 나갔는데, 운명처럼 척척 진행되었다. 두 번째 만남에서도 나는 교감 선생님이 정해준 날짜와 장소, 시간에 맞춰 나갔다.

그날 '그 잘생긴 아들'은 나에게 아버지보다 한 술 더 뜬, 폭탄선언을 했다. "11월에 무조건 결혼합니다. 두 눈 감고 저를 따라 오십시오." 조선시대도 아닌데, 45년 전 나의 결혼은 그렇게 진행되었다. 한 달 7일 만에 마산 사람인 내가 거제면 오수리 사람으로 들어앉은 것이다. 그런 나에게 종종 친구들이 놀려댄다. "머리에 피도 안 마른 것이 군수 영감한테 꼬여서 홀라당 넘어갔다." 여기에다 시어머니까지 "너그들은 결혼 전에 계룡산에서 한밤 잤나?"라고 할 만큼 속전속결이었다. 덕분에 우리 아들은 허니문 베이비로 존재한다.

운명처럼 나의 교사의 길은 거기까지였던 모양이다. "두 눈 감고 따라 오라."는 돈키호테 같은 남자의 말만 믿고 따랐다. 짧은 시간에 진행된 결혼으로 우리는 4개월간 군수 관사에서 살았다. 당시 거제군청은 고현동주민자치센터였다. 지금은 거제시자원봉사센터로 명칭이 바뀌었지만, 나에게는 더없이 소중한 보금자리였다.

관사 바깥은 어머님의 텃밭이었다. 마늘이며 상추를 심어 반찬 거리로 삼았고, 장독대를 가로지른 빨랫줄에는 매일같이 크고 작은 비닐 랩이 일상처럼 햇빛에 반짝였다. 작은 것 하나라도 씻고 말려서 다시 사용할 만큼 검소한 생활을 유지했던 어머님이셨다. "야야~ 저쪽 초마리 우에 뽁집게 갖고 오이라."는 말도, 모장가리, 끝티, 초마리, 뽁집게, 매착없다-라는 말도 그때는 못 알아들었지만, 지금은 귀에 쏙쏙 잘 들린다.

신혼 방은 두 사람이 누우면 몸부림도 마음대로 칠 수 없을 만큼 비좁았다. 좁은 복도를 사이에 두고 시부모님 방이 바로 옆에 있으니 부부싸움은커녕 숨소리조차 낼 수 없었다. 그런데도 아버님은 밤낮으로 며느리 추울까 봐 허리 굽혀 군불을 땠다. 처음엔 으레 그러려니 했다. 그런 가운데 내방에서 고기 타는 냄새가 스멀스멀 기어오르는 게 아닌가.

순식간에 비단 신혼 금침이 다 눌어붙었다. 방바닥이 새카맣게 타도록 군불을 땐 아버님이셨다. 며느리 방을 데우는 일을 굳이 안 하셔도 되었으련만, 너무 죄송할 뿐이었다. 그럴때면 "박 선생아! 내가 이래도 군청에 가면 군수인데도 너그들 방에 군불 때는 것은 나중에 내가 늙고 힘이 없을 때 나한테 효도하라고 그러는 거다."고 농담처럼 말씀하셨다.

이후 아버님은 신부전증으로 10년 가량 고생하시다가 세상을 떠나셨다. 대우병원에서 투석하며 입퇴원을 반복하셨기에 아버님도 자식들도 모두가 고생했던 시절이었다. 다른 형제와 달리 우리 부부는 주로 퇴원을 맡았다. 나는 그때 하신 말씀을 기억하면서 최선을 다했다. 특별히 몸집이 컸던 아버지를 휠체어에서 차로 옮겨 모시는 게 힘들었다. 하지만 투석 후 기진맥진한 아버지가 차에 앉는 순간 훅 끼쳐 오는 피비린내를 맡을 때면 가슴이 아팠다.

언젠가 내가 거제 최초 갤러리를 만들고 싶다고 했을 때 아버님은 "문화 사업이란 건 돈이 되는 게 아닌 탓에 힘이 많이 들 것이다. 내가 공직 40년이 아니라 사업을 그 정도 했더라면 네가 지금

힘들 때 경제적으로 적극 지원할 건데 그렇게 못해 줘서 미안하구나!" 라고 했다. 또한 "옛날 군수로 일할 때 대우조선 사장한테 건의해서 진수식을 할 때나 거제를 찾는 방문객에게 문화상품을 만들어서 선물하라고 건의한 적이 있는데 그게 이 도자기다"라고 보여주며 흐뭇한 표정을 짓기도 했다. 전통 도자기에 전국 유명 작가와 거제 지역 작가를 묶어 하나의 예술품으로 만들고 거제 홍보에 앞장섰던 기억도 난다.

교직을 떠난 이후부터 나의 호칭은 '아줌마'였다. 아들을 업고 옥수동 시장에서 반찬거리를 사러 다니는 일이 예사였다. 그러는 사이에 선생님이란 소리는 점점 멀어져갔다. 여기에다 생활고까지 뒤따랐다. 부잣집은 아니었지만 막내딸로 자랐기에 돈의 아쉬움을 모르고 살았다. 그러다가 남편 혼자 외벌이로 전락한 탓에 가중되는 생활비 걱정이 이만저만이 아니었다.

그로 인해 나는 '가르치는 일'을 찾아야 했다. 한 치 앞도 내다보지 못하고 교직을 떠났지만, 다시 가르쳐야 했다. 주변에서는 "왜 그렇게 좋은 선생을 그만두고 학원을 했냐? 원래 그림에 소질이 있었냐?"고 반문하는 사람도 있었다. 그럴 때마다 "몸이 아파서 그만뒀는데 돈이 없어서 돈 벌려고 아이들 가르쳤지. 내가 할 수 있는 것이 가르치는 일이고. 원래 내가 만화를 특별히 잘 그렸었거든."하며 웃는다.

나는 미술교육을 이수한 적도 있고, 어릴 때부터 하얀 종이만 보이면 만화를 그리곤 했다. 무엇이든 가르치는 일에는 자신감이 있었다. 곰곰이 생각하니 이 또한 하필이면 그림을 선택한 것이다.

당시는 교과목 과외도 성행했던 때라 교사 출신의 내가 선택했다면 수입이 만만찮았을 것이다. 그런데도 나는 허구한 날 우리집에서 꼬맹이들에게 그림과 아동미술교육 역사를 가르쳤다.

그때 개원한 옥명아동미술학원은 거제 최초의 사설 미술학원 1호가 되었다. 그때만 해도 할 수 있는 모든 역량을 발휘하여 "아이들 교육에 한 점 부끄럼 없는 교육자로 남겠다."는 각오가 있었다. 자동차가 다니는 거리를 그리기 위해, 신호등을 설명하면 아이들이 "선생님 신호등이 뭐예요?"라고 하던 시절이었다. 국도 14호선의 2차선 도로는 바닷물과 맞닿아 있었고, 통영 거제 사이에 놓인 신호등은 통틀어 한 두 개였을 정도다.

이에 미술교육의 질 높은 커리큘럼의 지속적인 공급과 교육환경의 개선을 위해 서울 중앙의 교육시스템을 거제로 유치했다. 미술교육 프랜차이즈 시스템을 도입하여 서울과 거제의 차별 없는, 지속가능한 미술교육 콘텐츠 제공과 교사들의 지속적인 연수도 추진했다. 또한 교사들의 미술교육 연수를 위해 배, 기차, 버스, 비행기를 바꿔 타며 서울의 교육현장 교육을 받게 한 적도 있다. 그 당시 KBS TV유치원 하나 둘 셋의 김 영만 종이접기 선생님과의 특강 수업과 바닷가 모래조각 수업, 야외 조형놀이 수업은 한결같이 반응이 좋았다.

2001년, 재벌가도 아닌 내가 거제갤러리를 개관했다. "사회교육을 해서 번 돈은 사회로 환원한다."는 발상 속에 감히 실행에 옮겼다. 그때 지나가는 아이가 갤러리 간판을 보면서 "엄마 갤러리가 뭐야?" "응?갤러리? 레스토랑이겠지. 나중에 밥 먹으러 오자."했

옥명아동미술학원 바다조형활동 놀이 중

다. 그때만 해도 갤러리가 낯설었기에 제대로 된 전시장이나 공연장이 없었음은 물론이다.

건축물도 그 지역의 환경예술품인 점을 감안하면, 거제갤러리는 상당한 이슈였다. 당시 일본 건축가 안도 다다오의 건축 미학을 차용한 노출 콘크리트 공법으로 건축하였기에 사람들은 아직도 색칠이 안 된 미완의 건축물로 인식한다. 매끈한 콘크리트와 빛을 통해 자연과 인간이 교감하는 공간을 추구했다. 이에 갤러리 내부가 창틀이 좁다는 원성이 있었지만, 아름답고도 수수께끼 같은 건축물로 남아있다. 건축물 하나에도 예술을 심고 싶었기 때문이다.

그 곳에 전국 각지의 유명 작가와 신인작가, 거제지역 작가 및

갤러리 거제에서의 아동 미술전시회 개막모습

교사, 학생, 일반 시민들 작품까지 두루두루 전시됐다. 회화, 조각, 사진, 판화, 공예, 디자인, 도자기, 예술 세미나 등 다양한 행사를 개최하면서 문화예술을 향유할 수 있는 공간으로 자리매김한 것이다.

하지만 갤러리를 사회로 환원하겠다는 나의 계획은 15년 만에 무산되었다. 재정적인 문제를 견디지 못해 종내 문을 내렸다. 엄연한 현실 앞에 한 개인의 이상은 분리될 수밖에 없었다. 적잖은 세월 속에 엄청난 인생 공부까지 했는데, 무엇을 바라랴.

고심 끝에 뉴욕행 비행기를 탔던 나는 1달 만이라도 예술의 바다에 빠져 미술평론을 공부하고 싶었다. 뉴욕의 메트로폴리탄, 소호, 첼시를 샅샅이 누비고, 미술사의 중요 핵을 그은 작가와 작품도 감상하며, 미술관, 박물관 투어를 했다. 그때 고만고만한 아이들이 미술관 바닥에 스케치북을 펼쳐 놓고, 명화 한 점을 보며 따라 그렸다. 순간 "나도 처음부터 저런 새싹들을 가르쳤던 선생님이었지!"라는 생각에 뭉클했다. 그것이 내가 가장 잘하는 "가르치는 일"이었기 때문이다.

그로부터 대학원에 들어가 미술교육의 깊이를 더했고, 미술사와 박물관학을 공부해 큐레이터 자격증까지 땄다. 창원, 거제에서 사회복지과. 유아교육과 학생들과 다문화주부들까지 가르쳤다. 배우고 가르치는 일을 즐겼던 나날이었다.

마산 사람인 내가 운명처럼 교직 첫 발령지인 거제에서 거제사람을 만나고, 외눈박이 물고기가 된 셈이다. 어쩌면 거제에서 도전을 일삼았던 지난 세월이 나의 태생적 운명인지 모른다. 거제사람으로 거듭난 것도 우연한 일은 아닐 것이다. 황혼기에 이른 지금까지도 나는 틈만 나면 물과 물감으로 친구삼아 지낸다. 한 점의 그림을 통해 여전히 도전하는 내 모습을 발견한다.

박영숙(자운)

연초. 계룡, 장승포 초등교사 역임, 옥명아동미술학원원장, 거제갤러
리관장. (통영)전혁림미술관 큐레이터. 창원문성대, 창신대, 거제대학,
(신현농협)다문화여성대학 출강. 거제시 학원연합회회장, 거제 미술협
회지부장, 한국예총거제지회장 역임

거제도 제1호 성악가

　장목면 율천마을 외갓집에서 태어난 나는 부산에서 살다가 어릴 때 다시 고향 거제로 돌아왔다.

　손을 뻗으면 물이 닿을 듯이 파도가 심하게 출렁이는 바다 위에서 작은 배를 타고 가다 멀미를 했던 기억이 있다.

　고불고불한 산길로 덜컹거리는 버스를 타고 좁은 비탈길을 지날 때마다 혹여 바퀴가 빠질까 봐 어린 동생과 나는 앉아 있던 의자를 힘껏 당기곤 했다.

　"뜸북 뜸북 뜸북새~ 논에서 울고, 뻐꾹 뻐꾹 뻐꾹새 숲에서 울 제, 우리 아빠 말 타고 서울 가시면 비단 구두 사 가지고 오신다더니~~", "반짝 반짝 작은별~"

　"아빠하고 나하고 만든 꽃밭에 ~~ ", "둥글게 둥글게~ 둥글게 둥글게~ "

‘오빠’가 없는 내게 ‘아빠’로 개사한 줄도 모르고 거제도로 내려오는 내내 버스 안에서 아빠가 가르쳐준 노래들을 쉬지도 않고 불렀다고 한다. 그때 내 노래를 듣는 사람들은 즐거웠을까? 돌이켜보면, 나의 노래는 두려움을 이겨내고 애환을 달래주는 나만의 조용한 주술이 아니었을까 생각한다.

1년여간 암 투병을 하셨던 할아버지는 내가 태어났다는 소식을 들으시고 결국 눈을 감으셨다고 한다. 지금에야 각종 보험 혜택과 국가 지원으로 치료비 부담이 그리 크지 않지만, 당시에는 몇천 평의 논과 밭을 팔아도 치료비를 감당하지 못할 만큼 무거웠다. 판사가 되기 위해 졸음을 참느라 추운 겨울에도 얼음물에 냉수마찰까지 해가며, 눈썹을 깎고 사법고시에 매진하셨던 아버지의 꿈은 무너지고 스물여섯, 장남으로서 모든 짐을 떠안아야 하는 예기치 못한 운명과 맞서야 했다.

오스트리아 유학시절 오페라 프리마돈나로 노래하던 시절

딸이 귀한 집안에서 첫딸로 태어나 많은 사랑을 받기도 했지만, 나의 탄생은 절망 속에서 슬픔을 위로하는 하나님의 작은 선물과 같은 존재였을 것이다.

어릴 적 나는 고무줄뛰기, 공기놀이, 오자미, 말뚝박기 같은 놀이를 하던 활달한 친구들과 달리 주로 집에서 나만의 세계를 상상하곤 했다. 혼자 인형 놀이를 하거나 책장에 가득히 쌓인 책을 읽으며, 동생들의 간식을 만들고 다락방에서 장편소설을 쓰기도 했다.

초등학교 시절, 합창반을 맡으신 박OO 선생님께 발탁되어 독창 대회와 합창단에 출전하여 1등을 하고, KBS 방송국 학교 탐방 프로그램에도 출연하게 되었다. 음악 뿐 아니라 미술대회와 글짓기대회에서도 여러 차례 상을 받으며 다양한 재능을 발휘할 수 있었다.

중학교에 들어가서는 학교 대표로 영어 연극 〈누가 고양이 목에 방울을 달까?〉과 영어 노래를 발표하기도 했다. 은사이셨던 김OO 선생님은 내가 영어교과서를 통째로 외우고, 남달리 노력하는 점을 주목하고 칭찬해주시기도 했다.

예술의 불모지와 같았던 거제에서 음악이 내 인생의 전부가 된 계기는 고등학교 1학년 때였다. 첫 음악 수업을 마친 후 음악 선생님의 권유로 성악을 시작하면서부터였다.

그로부터 한참 뒤에 사람들은 나를 '노래하는 아이', '거제도 1호 성악가'라고 불렀다. 내 노래의 전환점을 만들어 주신 마에스트로 김OO 교수님을 비롯하여 세계 여러 교수님으로부터 '타고난 미성과 뛰어난 음악성'을 지녔다는 극찬을 받았다.

2002년, 이탈리아 국제 성악 콩쿠르에서 월드컵 4강 신화로 한국인이 불리한 상황에서도 기적적인 우승의 영광을 안았고, 2004년 국립극장 오페라 페스티벌, 김자경 오페라단의 《The Old Maid and the Thief》 주역 오디션에서 처음으로 치열한 경쟁 끝에 오페라 주역을 맡아 활약하였으며, 2010년에는 SK텔레콤의 CF 광고에 출연하는 행운을 누리기도 했다.

이후 시립합창단과 오페라단, 대학 강의 등 모든 활동을 내려놓고 만학의 나이에 유학길에 올라 빈 국립음대와 여러 학교에서 공부하며 국제적인 안목을 넓혔다. 낯선 도시의 공연장에서 청중의

오스트리아 유학시절 오페라 프리마돈나로 노래하던 시절

박수갈채는 꿈이 실현되는 순간을 누렸지만, 마음 한편에서는 가족과 지인들이 있는 곳으로 돌아가고 싶다는 소망이 마음을 채웠다.

고향으로 돌아온 나는 대중과 함께 소통하는 노래를 부르고자, 일반인을 대상으로 가곡 교실 아카데미를 열었고, 청소년 뮤지컬과 우리 시와 우리 가곡을 연구하여 한국무용과 콜라보를 통해 클래식의 대중화에 앞장섰다. 그 결과 〈한국창작 가곡 연주자 부문 대상〉을 수상하였고, 여러 합창단을 지도하며 〈최우수 지도자상〉을 받기도 했다.

지금까지 성악뿐만 아니라, 음악 치료학과 합창 지휘와 함께 예술가로서, 제자를 양성하는 교육자로서 쉼 없이 걸어왔다. 그러나 아직 이루어야 할 음악적 과제가 남아 있다. 메트로폴리탄 오페라 주역 가수이시며, 세계적인 무대에서 활동하시는 강OO 교수님과 박OO 교수님은 몇 해 전부터 지금도 늦지 않았다고 "Best of Best의 목소리를 가졌으니 투란도트를 꼭 준비해서 세계적인 오페라 가수가 되라!"며 "너무 유명해졌다고 모르는 척하면 안된다"라며 조언했다. 하지만 학위를 마무리하지 못한 까닭에 그 길은 잠시 미뤄야 했다.

그러던 어느 날, 나는 거제도에 묻혀 안주하는 자신을 발견하고, 새로움을 꿈꾸며 변화를 시도했다. 절망 속에서도 꽃을 피워내는 기적과 반전의 힘을 지닌 과거의 저력을 떠올리며 또 한 번의 신화를 향해 나아가고 있다.

무대 위에서 가장 빛나는 '조용한 이상주의자'로 내면의 이야기를 예술로 풀어내기 위함이다. 돌이켜보면, 노래는 나를 살아있게 하는 원동력이 되고 존재하는 이유가 된다. 사람들에게 위로와 기쁨을 전하고 감동을 나누는 '통로'가 되며, 성악가로, 지휘자로, 예술가로 살아가는 것이 나의 소명임을 깨닫게 한다.

나의 노래를 더욱 완성시키고, 이순신 뮤페라단 단장으로서 거제의 예술·문화 발전에 이바지하고 싶다. 나아가 이순신 학교와 이순신 뮤지컬 공연으로 그 정신을 펼쳐 가고자 한다. 작은 하루의 쌓임이 결국 큰 역사가 되듯, 나의 노래와 발걸음도 또 한 번의 신화를 향해 나아갈 것이다.

그리하여 거제도 제1호 성악가, "노래하는 사람"으로 기억되기를 바라며, 나의 노래와 나의 삶이 누군가에게 작은 울림으로 남았으면 좋겠다.

황윤정

거제 이순신 학교 사무국장, 이순신 뮤페라 단장. 창원대학교대학원 합창지휘 박사졸업, Calvin University 합창지휘 석사, Wien 국립음대 최고 연주자과정 연세대학교 연신대학원 교회음악 석사과정, 숙명여 자대학교 특수대학원 음악치료학과, 이태리 Leon Cavallo 음악원 디 플롬, 영남대학교 대학원 성악과 수석 입학, 졸업.

거제 사람도 모르는 거제 이야기

5년 전, 생업을 찾아 생면부지의 섬 거제에 왔다. 채용시험에서 면접관이 '아무 연고도 없는 거제에서 어찌 생활하려고 하느냐?'는 질문에 말 안 통하는 외국에서도 혼자 5년을 지냈는데 국내에서 문제 될 것이 있겠느냐고 반문했다. 나를 염려해 주는 척 적응력을 테스트하려는 질문이었겠지만 내 슬기로운 대답이 주효했는지 합격을 했고 나의 거제 생활은 시작되었다.

애써 돌이켜 생각해 보지 않아도 지금까지 5년 동안의 거제 생활은 내 인생의 화양연화였다. 먼저 거제의 11대 명산을 오르기 시작했고 거제도 섬과 섬길, 남파랑길 거제 구간을 하나하나 걷기 시작했다.

거제는 누구도 부인하지 않는 산과 바다뿐만 아니라 역사와 문화를 간직한 곳이다. 사람들을 만나면서 급기야 나는 글을 써 보려는 욕심마저 생겼고 '거제 사람도 모르는 거제 이야기'를 지금까지 8편 정도 쓸 수 있었다.

여기에 그중 일부를 소개하고자 한다.

거제에서 제일 작은 유인섬 이야기

어느 날 친구가 찾아와 고등어회를 먹을 주목적으로 욕지도를 가기 위해 거제에서 택시를 타고 통영으로 넘어가는 길이 었다. 유쾌한 기사님의 거제 자랑이 대단하다. 관광객인 손님이 거제에 대해 많이 알고 좋아하는 것을 보면 자기도 기분이 좋아지고 감사한 마음이 든단다.

"기사님, 거제에서 제일 작은 유인도가 어딘 줄 아세요?"

갑작스러운 나의 질문에 골몰히 생각하듯 하더니 고개를 젓는다. 마침 택시는 거제대교를 접어들고 있었다.

"고개를 잠깐 우측으로 돌려 보세요. 저기 보이는 고개도입니다."

"아, 그런가요? 모르는 제가 괜히 부끄러워지네요."

"아닙니다. 며칠 전에 우연히 안 사실을 한 번 써먹어 봤습니다."

우리는 유쾌한 대화를 계속하며 통영여객터미널에 도착했고, 얼마 되지 않는 거스름돈 사양에 기사님은 더욱 기분이 좋아져서 되돌아가신다.

거제의 제일 작은 유인섬, 고개도

거제의 제일 작은 유인섬 고개도에는 노부부와 아직 장가가지 못한 노부부의 노총각 아들이 살고 있단다. 빨리 좋은 짝을 개인적으로 행복을 찾고 국가적으로 인구 증가에 기여했으면.

거제의 지역감정

우리는 지역감정을 우리만의 고질적 문제인 것처럼 인식하기도 하지만 사실 지역감정은 동서고금을 통하여 어느 시대, 어느 지역을 막론하고 존재한다. 우리나라에서는 역시 전라도와 경상도의 지역감정을 들 수 있다.

그런데 거제도에도 지역감정이 존재한다면 사람들은 믿을까?

오늘은 가벼운 마음으로 거제도 내에서의 지역감정을 고찰해 보자.

첫째, 거제면 사람과 장승포 사람들의 지역감정이다. 이는 역사적으로 행정 중심을 두고 서로 경쟁하던 관계에서 기인한다. 거제면은 옛날부터 간헐적으로 행정의 중심지였다. 지금도 관아와 질청, 서원, 옥산금성 등이 있어 이를 대변하고 있다. 장승포 또한 한때 행정과 산업의 중심지였으며 별도의 장승포시인 적이 있고 일제시대 일찍이 일본어민이 정착하기도 하였다. 거제면과 장승포가 대립하는 가운데 고현이 어부지리를 얻기도 하였다고 한다.

둘째, 하청면과 장목면 사람들이 갖고 있는 묘한 심리적인 대립과 갈등 관계이다. 원래는 장목면은 하청면에 속한 리 단위 지역이었다. 장목리는 일제시대 일본의 발달된 어업기술을 가지고 어업활동이 활달했던 곳으로 특히 머구리를 이용한 수산물 채취로 번성을 누렸다고 한다. 그러다가 일본이 패망하면서 그들이 사용하던 어업시설과 도구들을 원주민들이 물려받아 번영을 이어가면서 경제력을 기반으로 장목면으로 분면하였다.

따라서 하청면 사람들이 선배(형) 의식을 가질 수도 있겠고 부유한 장목면 사람들에 대한 시기의 감정을 느낄 수도 있었겠구나 하는 생각이 드니 그럴싸하다.

셋째, 생활권 분리에 따른 동부와 서부 지역 간의 지역감정이다. 1971년 거제대교가 개통되기 전, 거제도는 하나의 섬임에도 동부의 장승포, 장목 지역, 옥포 지역 등은 부산권으로, 서부의 고현, 거제면, 둔덕면은 통영, 진주권으로 나뉘어 생활하고 별로 접촉도 없었다고 한다. 이에 따른 지역감정이 혹시나 있을 수도 있었겠다.

지역감정, 꼭 부정적인 것만도 아니다.

비운의 섬 취도를 아시나요?

거제에 온 지 많은 시간이 지나지 않은 어느 날, 아는 사람에게서 우연히 '취도'라는 거제 섬에 대한 이야기를 얼핏 들었다. 그 순간 이름도 특이한 '취도'가 경기도 화성군 매향리의 '농섬'과 오버랩 되면서 나의 뇌리에 각인되었고 기회가 되면 찾아보고 싶었다. 그 즈음 나는 거제를 알기 위해 이곳저곳을 찾아다니던 시절이었는데 그날은 성포항을 탐사하고 있었다.

성포항 해변에 예쁘게 조성된 데크길을 걷다가 바닷가 수변 정자에 동네 아낙들이 오순도순 모여 뭔가 바닷일을 하면서 도란도란 이야기를 나누고 있는 모습을 발견하곤 문득,

"저기요. 이 근처에 취도가 있다고 들었는데 어느 게 취도라는 섬이에요?"

"취도? 니 아나?"

"취도라꼬? 첨 들어 보는데… 모른데이!"

놀랍고 실망스럽게도 동네 사람들도 모르고 있었다.

거제 가조도 북단에 있는 작은 돌섬, 취도

취도는 가조도 북단에 있는 작은 돌섬으로 섬 가운데 작은 탑이 솟아 있는데 이것이 바로 일제가 러일전쟁 전승 30주년을 기념하기 위해 1935년 8월 23일 세운 취도 기념비이다. 화강암을 만든 비석에 비문을 새기고 그 위에 군함에서 사용하던 포탄을 올려놓았다.

즉, 30년 전인 1905년 2월부터 5월까지 도고가 이끄는 연합함대가 진해만에 머물면서 밤낮으로 맹렬한 실탄사격 훈련을 실시하여 쓰시마해전에서 대승하고, 결과적으로 러일전쟁을 승리로 이끈 것을 기념하기 위해 세운 것이다.

이 취도 기념비가 한때 없어질 위기에 직면한 적이 있었단다. 광복 60년, 그리고 러일전쟁 100주년이 되던 지난 2005년 거제도

일제가 러일전쟁 전승기념으로 세운 기념비

시민단체들의 일제 침략야욕의 상징인 이 취도 기념비를 철거하
거나 이전하라는 주장이 대두되었고, 불행했던 역사도 제대로 보
존하고 후대에 역사의 교훈으로 삼아야 한다.'는 주장이 맞선 결
과 결국 현지 주민들은 남겨두는 방향으로 결정하였다는 것이다.

기억하기 싫은 치욕적인 역사의 증거라고 무조건 파괴하고 흔
적을 없앤다면 우리가 당했던 피해와 침략의 증거들도 없어지고
사람들의 기억에서 멀어지게 된다.

거제는 구석구석 많은 이야기를 간직하고 있다. 지리적으로 중
요한 위치에 있다 보니 비극의 흔적도 많이 있다. 취도, 칠천도,
지심도, 저도, 장목의 왜성들 그리고 포로수용소.

이것들을 엮어서 다크 투어를 만들어도 좋을 듯하다.

이용근

건국대 행정학과 졸업. 경인교대 대학원 한국어교육 전공 수료, 총무
처 7급 행정직, 경제기획원 등 국가직공무원, 중국 대학 및 코이카 봉
사단원으로 한국어교육. 방송대거제시학습관장 4년 역임

거제스토리텔링북 13집

거제도, 거기

펴낸날	2025년 12월 16일
펴낸이	서한숙
펴낸곳	거제스토리텔링협회
편집주간	옥치군
편집장	박영선
편집위원	최대윤, 김임순, 김명옥
발행처	나무와바다
발행인	손상민
주소	경상남도 창원시 성산구 비음로 50-1, 102호
전화	0507-1438-7831
홈페이지	www.indiwriting.com
전자우편	mangocompany@naver.com
출판등록	2017년 11월 24일 제567-2017-000024호

ISBN   979-11-977237-9-7-03810

* 이 책 내용의 전부 또는 일부를 재사용하려면 반드시 저작권자의 서면동의를 받아야 합니다.
* 잘못 만들어진 책은 바꿔 드립니다.
* 이 책은 경남문화예술진흥원에서 문화예술지원을 보조받아 발간되었습니다.